U0055018

離散之星

暨旗海豹 著

目次

第一章

百年後，當南隆灣後人在法庭前等待宣判時、地窖中等待行刑時、深陷在箭毒樹下的沼澤時、面對全副武裝的鎮暴警備隊時、在叢林中身中吹箭與子彈時、在市鎮廳前廣場演說時、目睹倉庫被熊熊烈火吞噬時、在被鎖進比夜還黑的暗室時、在船隻遭水雷伏擊而進水下沉時、在飛行船起火爆炸時、歃血為盟義結金蘭時、遭警犬追獵時、推倒銅像與紀念碑時、走進議會時……總會不自覺仰頭，期盼天上降下另一個奇蹟。

嚴格說來，當海鷗們開始爭食而喧囂時，藍鳶並未真正睡著。那蝴蝶結似懸在上空的細網白蚊帳就是證明：如果他打算睡覺，就會放下蚊帳。事實上，他只想放空腦袋，於是抱著竹枕躺在涼蓆上，冥思草簾外的大海是否閃耀如融化的水銀。

都怪今年的夏季異常高溫，一切皆在消解，一切的行為皆無意義。說不定這種百無聊賴的心態就是熱帶病的病徵。

光線稍轉橘橙，接近黃昏了吧？只要下床掀開窗簾就知道答案了，但揭開謎底，然後呢？他不想煩惱這個煩惱，只煩惱該如何維持思緒遲鈍。

「喔，睡飽啦？」藍鷹適時現身房門外，手上夾著一捲菸草。逆光的位置讓他更顯黝黑，掛在脖子上的滴水毛巾則表示他剛沖過涼。

「嗯。」他隨意揮了揮手，試圖收攏注意力，「今年特別濕熱，好悶。」

他想著：藍鷹如果接下來高聲吆喝「繼續混吃等死啊」之類的，這將是他第八十六次使用這組辭彙。

「我說啊，大白天的你要睡懶覺我是沒意見，反正這邊每個人都一樣。」他撇頭將菸霧吐向廊間，「起碼也事先講一下吧？老是人間蒸發。」

「抱歉……」藍鳶微笑以對，「我有留紙條在你桌上，壓在改好的文件上面。」

「東西我有看到，但紙條沒有。嘖嘖，那應該是被風吹走了。」

他又大口吸了幾嘴菸。

「對了，家裡有人問，你城裡的那個房間現在不用，要不要租出去？」

他忽然清醒了，直盯著藍鷹：「是嗎？」

「問我做什麼？問你啊！」藍鷹口氣顯得不耐。

「是這樣嗎……」他低頭沉默，彷彿得知首都淪陷的出逃國王。

「幹啥，不開心？」

「沒……沒有……」他急忙搖頭否認。

「教你，這種時候，就要大聲講：『就是放給他積灰塵、養蚊子，老子也爽啦！』來，重複一次。」

「嗯……就……」他費力想吐出些字句，無奈舌頭打結，「謝了。」

藍鷹翻個白眼，算是結案：「對了，等等我要跟死黨們去夜釣，來嗎？」

「雖然我不是很擅長，還是……」

「好、好、好，沒問題，我知道。自己找樂子去吧。出去記得帶鑰匙鎖門。」藍鷹擺手打斷他，轉身就要離開，「啊對了，我妹已經上船，過幾天就要來這邊看看晃晃，求你到時候別苦著一張臉。她沒欠你錢。」

「是藍鸚嗎？」

新上任的商行主事已逕自離開，沒看見他臉上真誠的笑容。

但喜悅沒維持太久，就如夕陽餘暉，轉眼消逝。她已經聽見傳言了嗎？那位他們意外從海盜船上救出的少女蘇曼伽，其實是東荳蘭群島的公主。她應該知道了，曾經重擊家鄉，使得南隆灣不得不尋求庇護的海盜集團已經瓦解，但她知道他付出了怎樣的代價來擊潰海盜集團嗎？如果看見他現在這副德性，藍鸚到底會有什麼看法呢？舉凡此類種種煩惱，織成片灰濛濛的蛛網，籠罩在藍鳶臉上。

獨自一人時，他試過多次，想要心平氣和面帶微笑地說出：「感謝關心，是這樣的，在面對海盜首領『血腥司令』時，我恰巧解放了一個遠古法寶的力量，關鍵時刻反敗為勝。但也因此付出代價：現在的我，只是個普通人了。」可惜，沒有一次成功。

當藍鳶深陷沮喪時，藍鷹那句「帶鑰匙出門」給了他離開現場的線索。是時候出門走走。

藍鳶起身下床，將皺掉的襯衫整平，簡單整理儀容後揀了頂無邊扁帽，偏深棗紫色，一點也不顯眼。他不用刻意低調，只要不穿上大紅大金，路人正常情況都不會多浪費半秒在他身上。

出門前他先把竹水壺儲滿茶水。蹉跎的時間裡，夕陽已經壓在水平線上；一日的工作結束，路上滿是輕愉的夏季紗籠。他離港區越遠，遇見的紗籠質地就越精緻，染工與織法宛若藝品。他沿途順便買了些火柴。

儘管想偽裝成漫無目的，藍鳶遲緩的腳步依然蹓到了第五街口。某種程度而言，這間他最熟悉不過、前後待了十來年的二樓空間幾乎算他的根據地了。

左右商家都關門打烊，他帶著忐忑悄聲上樓。暮色中的樓梯間略顯昏暗，由一樓香料鋪飄逸出的嗆辣氣息則使他鼻頭酸麻。

十分鐘過去了，他依然握著口袋裡的鑰匙，猶疑的態勢彷彿他是個等待主人開門的訪客。

夜幕澈底降下前，他開鎖「喔伊」一聲推門，不甚熟悉地點亮燭台與煤油燈。這裡不像以前那般聽話了。

「去哪裡了？」

他清點家具，卻怎麼也找不到他的幾株盆栽們，諸如鼠尾草與珊瑚鳳梨。但找到了又如何？長時無人照料下也枯萎了。

他頹喪跌坐椅上，好似那幾株已經成為往昔象徵的植物，一併遠去。直到隔壁傳來各種樂器的調音聲，藍鳶才驀然想起他早把它們託付鄰居照顧。都怪那時兵荒馬亂，記憶也跟著混亂失序。

他想找個沒積太多灰塵的茶杯，來倒些茶水解渴，然後有人敲響門。

「好長段時間沒見面了。」是樓上的女高音，胸前捧著一只雪白色的瓷盒，「方便打擾嗎？」

「當然。」藍鳶多取來一副茶具，「但茶已經涼了，請別見怪。」

「無妨，真是貼心的孩子。」她小心翼翼把瓷盒擺在書桌上，掀起蓋子後又剝開數層蜜蠟色的絨布，最後拿出一片斑駁似水鏽的金屬薄板。

他謹慎接過手掌大的鍍銀銅板，發現那深淺不一的紋理，似乎是幅人物肖像。歲月再次磨損了畫中人物。

「這是？」

「我們都稱他『尼德蘭船長』。」

「尼德蘭船長？」

「這故事，有點長。」

藍鳶身體微微一傾，「能說給我聽嗎？」

女高音將杯中的紅茶優雅飲盡，滋潤喉嚨準備訴說長篇故事：

「噢，孩子，你應該還記得，我把我的人生分成數個階段，如同戲曲中的每幕皆有其主題。而我的第一階段，那段既純真又懵懂無知的『雛菊般的金澄』中，總共登場了三位男主角，他們是弟弟的家教老師、遠房的表哥還有麵包店的學徒。啊，多虧了那麵包坊的孩子，每當我追憶這些似水年華時，鼻尖總洋溢著股麵粉的味道。多麼短暫呵，至今依然閃爍光芒的聖潔時光，明明相伴的日子少得一本日記都寫不到一半，那時最初最簡單的感覺卻不斷在往後的日子裡變奏迴旋。說到我那大兩歲的表哥，人們都說他多麼乾淨有禮貌，只有我知道他爬樹而臉上沾到泥沙時笑得多開心呢，甚至，他還會把學徒偷偷塞給我的核果麵包搶塞到嘴裡去。哎唷，真是嫉妒得可愛。

「接下來，是我生命中最燦爛美好的『玫瑰色人生』。那時後，我剛登上舞台沒多久，是名易被遺忘的小歌手、小演員，海報上常常漏掉我的名字而沒人察覺。和其他小演員進行了幾場分不清劇目與現實的轟烈愛情，然後拿到下齣劇本時分手。哎，其實沒有那麼美好，當時我對未來感到無比迷惑與暈眩如困在海市蜃樓間的旅人，直至他進入了我的生命。

「我們都稱他『尼德蘭船長』，事實上，他的確是名有為的年輕船長，不過三十出頭足跡已經踏遍世界。吾愛，曾幾何時，我已比記憶中的你還蒼老了。由於他堅持不脫帽的習慣，我們只好請他坐最後一排，但他卻把我瞧得仔細。隔天，休息室中首度出現了指名給我的花束，整整一周都是！我還能說什麼、做什麼呢？等下次他踏上陸地，我便屬於他了。

「為了與他四目相對，舞台上我再無任何膽怯，昂首注視座位席上的每雙眼、回應每個微小反應、穿透一切，只為了坐於末座的吾愛，直到他杳無音訊。等待了數不盡的日子後，我終於透過他人輾轉得知，一場險峻的熱帶暴風……暴風吞噬了……整條船與……」

女高音掏出手巾摀住鼻子，然後仰頭喃喃自語，彷彿在禱告。

「這就是所有關於他的故事了。」

他重新將她的杯子注滿茶水，杯沿已蓋上一弧蜜蠟色的唇印。

「親愛的荷米斯，你能運用你神奇的力量，恢復這張照片嗎？時間一直都是我們的敵人。」

他搖頭，深吸口氣：「我很抱歉……基於某些因素，我現在只是個普通人了，而且很有可能永遠都無法恢復……」他試圖輕描淡寫語氣中的落寞，接近被宣判流放的那種。

「原來是這樣呀，難怪……」女高音表達理解與同情，「寬心吧，逝去的種種，終會回歸我們的，只是換種形式。如同我，也曾經歷了數次的倒嗓危機，依然站在舞台上。願天主保佑。」

「謝謝您的關心，可惜沒能幫上忙。或者我可以寫封推薦信，給過去我認識的優秀同儕？」

等到他成為平凡的一分子，他才驚覺那被稱為魔術或魔法的東西是如此罕見又珍稀；許多人習慣沒有它的存在，更多人從未親眼經歷。

她婉拒他的好意，仔細收好銀版相片：「不了，荷米斯，我想是沒有人能像你一樣有耐性聽完這串冗長又無聊的故事了。但若他們無法理解那個人在我生命中的意義與形象，又怎麼可能完整重現吾愛的輪廓呢？我只能讓他活在我記憶裡了。」

訪客離去，餘下更濃醇的寂寥。飽和的情緒滲入腦海，逐一撬開記憶的磚石；每前行一步都天旋地轉，在往昔與當下之間徘迴。往昔的容顏，往昔的美好，他何嘗不是盡一切努力使往昔駐足。

為了舊日的美好，或許是時候，重拾舊日的魔法。

藍鳶隨手抽出本筆記簿。蝴蝶頁被畫上朵四瓣雛菊，表示內容經過四層轉譯與隱喻。他翻了幾頁，卻完全看不懂，只好懊惱地插回書櫃。他自嘲：魔法師的書櫃，總是費解。然後藍鳶想起，最初階的教材，早被自己堆到床板底下。

於是他晃回臥室，發現床頭的位置原來在樓梯間的下方。依照家鄉的觀點，這是極為差勁的擺設法，無形中增添床主人的壓迫感，而他過去竟然毫無警覺。怪不得諸事不順。

那又怎樣呢？一切都發生了。

他倒在床上，回憶那不可思議的光芒駐留他身上的最後一日與其細節，邊昏沉沉睡去……

那是在漫長雨季中，短暫放晴的午後，也是魔法離他遠去的前夕。

穿越重重雲層與百葉窗的陽光讓他擺脫渾沌，神智暫時清醒。隨著雨季開始，他就陷入無止盡的發燒、昏睡與虛弱之中。船醫束手無策，返航途中他讓許多醫生看過，總說不清是流感、黏質過剩、夏季熱、猩紅熱還是黃熱病。

也不知過程怎麼搞的，一路昏睡竟又回到了新十字的房間——故事的原點。迷濛記憶中，依稀是威廉將他揹上二樓；之後的細節，似乎就由鄰居接手。當初討伐海盜團的任務，也是威廉把他硬拖上船。就這點而言，威廉確實有始有終，仁至義盡把他安全送回家了。

他拿過床頭櫃上的水壺，咕嚕飲盡，那是早上潘先生補充過的。又捲起屋內所有的窗簾，讓更多的光線點亮空間。

唔，還是有點冷；看來畏寒這病徵沒有退去，但難得回神，他不想再躺床上。藍鳶裹著棉被，坐在前廳的長椅上繼續曬日頭，邊整理桌上堆成小山的信件與報刊。

樓梯間傳來沉重的腳步聲。真巧，立刻就有訪客：船隊的副指揮官，專門負責拉住總指揮。

「午安，打擾啦！」喬治音量仍舊洪亮，「喔喔，你已經可以下床走動，真是太好了。」

「給大家添麻煩了，真是抱歉。」

「小意思，不麻煩。」喬治阻止他起身，自行找來幾只樸素的陶杯，「想喝點什麼嗎？我順路帶了些牛奶、羊奶還有咖啡過來。」

「太感謝了。」藍鳶喝了幾口冒煙的熱牛奶，察到他似乎欲言又止，「有什麼我能幫上忙的地方嗎？」

「唉呀呀，不愧是荷米斯，祕密都無所遁形。」他正襟危坐，嚴肅而誠懇地盯著藍鳶的眉心。

「請說。」他用微笑化解來自喬治的無形壓力。

「那我就開門見山了，」喬治清清喉嚨，「有什麼咒語之類的方法能讓威廉永不靠近底艙？」

「方法倒不是沒有，不過……」他眨了眨眼，「為了什麼原因呢？畢竟這種改變與干涉，某種層面上也算是洗腦，原則上不鼓勵。」

「原因啊，因為我打算調回家鄉，如果沒有可以轉調的單位，搞不好就不幹了，當個商人幹點小買賣之類的。我真的不想再錯過孩子的生日。但如果我就此退休，那就沒人照看威廉了；沒辦法，為了預防萬一，只好先下手為強。」

「原來如此，嗯……這是最直接的因素了嗎？」

「當然，我們接近二十年的交情了。我絕不可能害他。」他緊握雙拳。

「換句話說，他要是接近底艙，就會害了他？」

「最初不是這種情況，但變成這種局面，也不能怪芙蘿拉。」

「芙蘿拉？」他直覺這名字就是關鍵。在旅途中，他幫威廉寄了無數封信給芙蘿拉；甚至到最後，他都懷疑芙蘿拉是不是自己的戀人，「這與她有關聯嗎？喬治，你完全把我搞胡塗了。」

藍鳶得承認，再見證過威廉對芙蘿拉的想念之後，自己也開始對芙蘿拉產生好奇了？她到底是怎樣的女子呢？有什麼樣的魅力呢？

「哇哈哈，我自己也搞不清講到哪段了，算了，我從頭說起吧。」喬治站起身子來回踱步，他的記憶都儲存在動態中。

「他們在一個宴會上認識。當時威廉是名列前茅的頂尖軍校生，芙蘿拉則是富裕商人的掌上明珠。我得承認我當時不在現場，那畢竟是上流社會的場子，但為什麼我能這麼確定細節與時間，因為我當時就是威廉的老室友！你無法想像那天他回房間時，性格改變得多麼誇張。在那之前的威廉，可是稍微挑動眉毛，壓迫力就足以令人窒息，比他老哥還殺，真的。但在那天夜裡，這匹雄獅竟然仰望星空，感情豐沛得朗誦一首又一首的十四行詩，老天爺，溫柔的像個詩人吶。現在回想起來，反而沒有那麼驚訝了。」

「或許……這比較貼近威廉真正的性格吧。」

喬治點頭默許，「你們這些聰明的傢伙，總能用最短的時間洞悉一切，麻煩留給我們這些老實人活下去的勇氣啊。」

「別挖苦我了，喬治，請繼續說下去吧。」

「好，雖然陷入初戀熱焰的威廉像個詩人，但他畢竟不是，而且最好少讓他接觸真正的詩人。咦，我又偏離主題了，真是壞習慣改不了。總之，他們很快地就深深愛著彼此，男才女貌，登對得很。芙蘿拉聰穎內斂、雍容優雅、言談舉止皆合宜得體，氣質有點類似我們之前營救的那位什麼維拉詩妮公主，但依然很不一樣就是了，每個女人都不相同。那真是段簡單美好的日子啊，只有內心醜陋又自卑的猥瑣臭蟲才見不得他人因愛而喜樂。

「但童話故事終於到了尾聲，芙蘿拉的父親接了公司的新職位與新任務，前往蒙兀兒開發新市場。聽聞這噩耗之前，除了太過年輕，所有人都相信他們步入禮堂只是早晚問題，現在想想，那根本不是問題，只差一個允諾與接續的行動。但在離別前夕的關鍵時刻，威廉反而猶豫了。天吶，他連求婚戒指什麼的都準備了，卻為了個至今仍說不清的原由而躊躇！再沒有更扼腕的事情了！

「之後，他們只能靠書信往返，稀稀落落的隔海通訊。有些事情，錯過就是錯過了。在威廉軍校畢業、加入了家族的事業版圖後，他們曾陸續在些我早叫不出名字的東方城鎮短暫見面。但如你所知，有些事情，錯過就難重新了。」

藍鳶附和喬治的嘆息，深深地：「真叫人遺憾。」

「人生就是如此多的憾恨，或許這是造物主的試煉，誰知道呢？後來，我輾轉得知，芙蘿拉結婚了，幸運兒好像是個音樂家，默默無名也不清楚來歷。唯獨這事情我不是從威廉口中得知，但他一定知情。他怎麼可能不知道，他變得如此陰沉寡言，全心全意投身工作，明眼人都看得出發生什麼事情。但最糟的是……」

「等等，你說那個芙蘿拉結婚了？」芙蘿拉已婚的事實使藍鳶感到震驚。他幫威廉傳達給芙蘿拉的眾多情書，到底有什麼意義呢？

喬治嘆口大氣：「千真萬確，我在加爾各答的朋友說的。消息傳來新十字時，婚禮早結束了，要說『我反對』也太遲。但還有更糟的。」

「更糟的？等等，這跟船艙有關聯嗎？」

喬治再次坐下來，伸出五隻手指，意味深遠地凝望藍鳶：「知道真相的人，不超過這數目，這樣，你知道嚴重性了嗎？」

為了數個理由，他向來不熱衷別人的過往軼事。比方說，保守祕密的道德壓力。儘管他守口如瓶，當祕密還是傳開了，那感覺彷彿他也參與了這場毫無品味的尋寶遊戲，沒有獎品。再來，如果是關於悲傷的往事，那意味他要與訴說者分擔這苦澀。正如先哲所言：世上的財富越分享越稀少，唯有慈愛在分享之中豐厚，憾恨也是，況且他的憂愁不比他人少，更難負荷此類灰色情緒。

好吧，一切皆為了成全喬治的請託、為了朋友。幾番猶疑，他終於點頭。

喬治鬆口氣，好不容易卸下肩上的重擔。

「我想，你應該很清楚我們的工作內容了，諸如打擊海上犯罪、取締作亂分子之類。你也知道，一來刀槍無眼，二來生死關頭，殺紅眼那顧得了什麼原則。因此對於那些無惡不作的惡徒，如果不是本國國民，我們向來樂意在戰鬥過程讓他們就地正法。但凡事總有例外。

「有一次，就那一次，那條海盜船上超過一半的人竟然都是本國公民。咳，這當然不是什麼榮譽的事情，而且開打沒三分鐘就投降了。換句話說，幾乎整船的人都成了俘虜。麻煩在後面，好些階下囚宣稱自己是無辜的，有打零工被騙上賊船的，有剛好被海賊營救的船難倖存者，有被海盜俘虜而不得已下海的。俘虜的俘虜，真是拗口。總之，審判不是軍人的專長，於是我們決定把這些人運上岸，讓法庭去煩惱。

「誰知道，這場得來輕易的勝利是場騙局，俘虜中有專業開鎖匠。當晚，被鎖在底艙的罪犯們解開禁錮，準備來場意外的驚喜。所幸基於某種天生直覺，指揮官提早查覺，即時鎮壓了這場叛亂，僅損失了兩名弟兄。以上是官方版本。」

「所以，到底發生了什麼事情？」

喬治陰沉著臉，極度不願回想細節：「那晚不知怎地，我忽然心血來潮，跑去那邊找值班固守人員小酌幾杯。他們兩個也是老同學，我們挺有話聊的。說著說著，他們提到威廉進去船艙底下審問犯人也一段時間了，怎麼還沒出來。於是我們三個就一起拉開門，準備找威廉一起喝幾杯。結果是……」

「發生了什麼事情呢？」

喬治抓了抓發麻的頭皮，結巴說道：「什麼開鎖大師，那都是假的！當時打開門，裡面只有……滿地的血腥，與殺紅眼的威廉。我看見……一個我不認識的德雷克先生，毫不猶豫地斬殺一個又一個俘虜，從那些可憐蟲的頸動脈噴出的鮮血徹底將他染紅。而剩下的倖存者，彷彿著魔似的，我沒看過任何待宰的牲畜如此溫馴等死，從沒有。那是個奇異的場面，他們全部都著魔了，共同參與一場血腥獻祭與屠殺慶典。我們試圖喚回他的神智，但毫無效果，萬不得以只好出手強行制伏威廉。」

藍鳶陷入強大的精神衝擊，透過喬治顫抖的口音，他腦海自動浮現那血腥暗室的輪廓：

「那……你們成功了？」

「我們能失敗嗎？」喬治雙手合十，垂首禱告，「親愛的老酒桶與詩人，希望你們還滿意那天的修道院啤酒。」

「唔……讓我知道這些內幕，真的沒問題嗎？」

「你會認識小威，說起來，也是這場變故的關係啊。等艦隊一回港，我立刻把『與敵激戰』

而重傷昏迷的威廉送到總督家裡，對外宣布官方版本同時對德雷克總督托出一切，當然是在四下無人的場合。接著我們同時找來城中的優秀魔法師——就你知道那幾個人，毫不意外，是被下了詛咒或催眠之類的鬼玩意，但不清楚是什麼情況下預先中招，剛好在底艙觸發。就像你不知道潛伏在體內的病原體會什麼時候發作一樣，最好的預防方式就是壯得像頭牛，偏偏威廉那時得了嚴重的花粉熱。等等說到哪裡了？總之我的意思是，他內心揮之不散的陰暗念頭給了咒語萌芽茁壯的機會。

「那種狀況下的威廉自然不可能回到崗位上，事實上，清醒後他本人對於那段時間的記憶也非常模糊破碎。這當然最好，他最好到死都不要想起那晚發生了什麼！但為了確保威廉的精神穩定，我們決定讓他暫時休息，遠離刺激；於是德雷克先生就安排了這個旁聽生的位置，讓寧靜的校園鐘聲取代他耳邊的殺伐聲。」

「這就是你要求這個咒語的原因嗎……讓威廉下意識地避開任何底艙？因為黑暗的底艙是觸發咒語的關鍵？」

「如果可以，把這個字眼或概念從他腦中刪除乾淨吧！」

「我明白了。」他把手按在胸前。

「萬事拜託了。我不能再讓他沉淪至這種難堪的處境。」喬治雙手合十，用力地朝藍鳶低身鞠躬。

「唔，原來如此，我們求人的動作是這模樣。」藍鳶苦笑，也模仿喬治誇張的手勢。

「啊？學錯啦？」他搔頭大笑，「沒辦法，體諒我這老鄉下人吧。」

「玩笑話罷了，請勿認真。」成功轉換凝重的氣氛，他動手把空杯倒滿熱巧克力；這種時髦的飲品可不便宜，「威廉真是幸運，有這麼替他設想的兄弟。」

「這麼說來，我其實算逃兵啊。」他猛搖頭，「當初豪邁允諾要一起闖蕩世界的小夥子，轉眼已經變成滿腦只想回鄉陪老婆小孩的大叔了。」

「能讓喬治歸心似箭，你太太一定非常溫柔體貼。」

「唉呀，我最不擅常言語描述了，都是小農場出身，沒什麼特別的。日後有機會，讓我們親自好好款待吧。」

「一言為定。」

樓梯間傳來穩健又自信的步伐。

「說人人到。」喬治費力乾咳幾聲，彷彿可以掩飾方才的機密談話。

「別擔心，這房間有隔音魔法守護。」

兩人短暫沉默，直到金色雄獅推門走進。

「真巧，你也在。」威廉拍了拍喬治的肩膀。

「替你探視友人吶。」

「真不好意思，這幾天比較忙碌。」威廉目光轉向藍鳶，「怎麼了？今天看我的眼神跟往常不太一樣。」

「可能因為生病的關係，精神不濟。」他確實感覺世界的輪廓再度開始晃動。

「是這樣？」威廉打量藍鳶包覆身上的厚棉被，「難怪穿成這樣。」

「你們慢聊，我有事先走。」

喬治為威廉拉出椅子，先把威廉按在座位上，又拍拍他的肩膀。他很清楚自己不是說謊的料，走為上策。

「好，回頭見。」目送喬治離開後，威廉把視線轉回藍鳶身上，「荷米斯，我有個好消息，關於你的。」

「什麼好消息？」儘管開始感覺疲倦，藍鳶努力裝出有興趣的樣子。

「皇家學院魔法學會那邊聽聞了你的傑出表現，邀請你前去交流與進修。那是最高學術殿堂，光是受邀去拜訪就已經是殊榮了！」

「真的嗎？」他真的覺得不太妙，短暫的清醒似乎到了尾聲，思緒如白糖塊投入熱紅茶，逐漸渙散瓦解。聽喬治的長篇故事耗費太多心神了。

「當下在你眼前，有兩個選項，都非常好。一個是去學會當訪問學者，或者續簽我們的合約。就我的私心，當然比較想要你繼續當我們的隨隊魔法師。但為了你好，你實在該去那邊看看，不只是學會，還有母國。你千萬不要以為新十字就是全世界。」威廉熱情地分析利弊。

「但照我目前的身體狀況，恐怕……」

「噢，」他頓了一下，「如果你遲遲無法痊癒，恐怕連下次的船期都趕不上了。」

「糟糕……我又拖累你了，真抱歉。」

威廉用手背輕觸藍鳶火熱的上額，輕嘆口氣。

「其實，就算你沒發高燒，我也打算告訴你這件事情。」

「什麼事情？」他勉強集中剩餘的專注力來聆聽。

「聽著，我必須承認你的努力與學識，在上次的任務中發揮了出乎意料的作用。說真的，征途上有朋友作伴的感覺還挺不賴。但我必須說，」威廉握住藍鳶冰涼的手，那燃燒的掌心令他精神一凜，「你不適合刀光劍影的生活，我的朋友，光血液就令你頭暈目眩了。既然如此，我怎麼忍心再勉強你呢？」

聽起來，他被炒魷魚了。

「也就是說，」藍鳶小心翼翼地提問，「以後，我們就恢復成……更之前的相處模式囉？」

「之前？」威廉動了動腦袋才會意，「對！就是朋友，你表達的方式依然迂迴。」

「就算拆夥了也……」

「公事是公事，交情是交情。」威廉恍然大悟，他理解這是藍鳶第一次的失業，「何況，我們這次解約，算好聚好散吧。你看，我馬上告訴你一個獎學金的計畫，不是嗎？」

「太好了。」他無奈苦笑，「不愧是威廉，總能勇於打破僵局。」

「什麼？意思是你早就覺得這工作讓你為難？那你不會早說！」他挑眉，「反正你也只是個約聘，就順便讓你自由吧。」

「唔……這……」他總記得他當初是在面有難色的情形接下這份工作，儘管這差事打從開始就帶有半強迫意味，一旦解脫，竟也五味雜陳說不清楚。反正不重要了，「但這趟旅程，我真的收穫良多，這不是客套話。」

威廉興趣盎然地喔了一聲：「怎樣的收穫呢？」

「以前的我，只是剛好學會魔法，並不是因為我想要，我也不知道我到底想不想擁有這樣的能力，畢竟當我意識到時，它已經是我的一部分了。」

「這煩惱，其實有點奢侈呢，就像我父親總為了要不要帶那跟象牙手杖出門而傷腦筋。」

「我知道。」他苦笑，「但這趟任務，讓我確信了，我確實喜歡有魔法的自己。發生了這麼多事情後，我的確見識了魔法如何改變世界。那真的是……不可思議的奇蹟。我何其幸運，擁有這樣的天賦。」

「我就說吧，能力越大，責任越大。善盡責任，榮耀隨之而來。」威廉自豪地說著，「那些檯面上的元勛們，都曾在過往為了保護羔羊而上戰場，只是因為被保護的平常人沒留下名字，才讓保護者的頭銜看起來像是憑空出現。但你看，我們成功掃蕩了海賊集團，保護了多少人免於受害，這難道毫無意義嗎？嗯哼，雖然途中也有人想要公器私用，但也吞下苦果了。所以，如果你現在回心轉意，誠心央求我，我還是可以繼續簽下你。畢竟，不是每個人都有盡責的機會與能力。」

「真的，我非常欽佩你的工作。只是，我想要再多多探索，更適合我的使用方式。」

「我知道我知道，你想要自由。」威廉重重靠在椅背上，「魔法師的通病：渴望自由。」

「為什麼是通病呢？」

「因為魔法師太厲害了，厲害得不需要依靠他人也能活下去，所以也不想被他人依賴。你看哪個領主或國王，可以丟下臣民追求自己的自由呢？」威廉無奈揮手，「算了，我已經盡力拯救一個年輕魔法師免於墮落了。至少，在墮落之前，讓他做了有益群體的事。」

「幹嘛把魔法師描述得像是毫無責任心的自私鬼呢？」藍鳶苦笑。

「沒有針對你，這是一般性的敘述。重點是，你狀況好點後，記得回母國看看。」他念茲在茲的，是讓藍鳶見識歐洲的輝煌。

「好的，既然日後我不在你身旁了，為了彰顯魔法師的熱心，讓我為你做些什麼吧。」

「好主意，既然最出類拔萃的巫師願意分享他的力量。」他聳肩，「怎麼做？」

他爽快答應，反而使藍鳶大感意外。原本預期要費上一番唇舌，才有辦法完成喬治的任務。

「沒什麼好奇怪的，我這個人很務實。」

「那麼，請取出配劍吧。」

藍鳶謹慎接過他持之立誓的隨身配劍，橫靠腿上，又騰出右手朝空中一揮，書桌上的鵝毛筆接著飛向他指尖。

「對你而言，什麼最難應付？」

他低頭沉思一會兒：「看得見的敵人都好對付，唯獨流言蜚語我沒辦法。」

「嗯，也就是說，威廉的弱項在言語的力量了。那就補強這方面的屬性吧。」

藍鳶喃喃自語找尋靈感，左掌邊捧著胸口的墜子，驅使體內龐大的能量聚集在筆尖。「瓦解耳語、斬斷文字、割裂語言、消除符號、塌陷論述……」最重要的，不要進入船艙底部。他拿鵝毛筆劃破中指，飽吸紅墨的羽翮好似有了生命，在劍身上奔灑出繁複的暗金色文字，層層反覆疊加。句點落下瞬間，鵝毛筆宛若無法承載這股充沛的力量而節節斷裂；他其實很喜歡這個來自布蕾太太的禮物。隨即，切斷臍帶的成品迅速滲入劍身，不留一絲蹤跡。

「完成了，這口符文寶劍只要在你手上，就可以斬斷世間一切存有惡意的語言。」

雖然只是副產品，乍聽之下還挺厲害的。他必須老實承認，後來再也無法回想起當時的文本到底寫了什麼內容，螺絲掉太多了。

咒文施行後，綁住理智的最後一條線圈終於筋疲力竭地鬆脫，以至於藍鳶根本記不得從那之後到訪客離開前的時間裡，他是如何運用本能與威廉對話。搞不好連他聲稱的「清除流言」的效果也沒有，畢竟此時藍鳶已經再次意識迷亂。在最後的閒談中，威廉依稀提到了錫卡哈，替藍鳶散離的意識提供了一個路標。

他感覺躺在陽光下好舒適，整片世界白茫茫，一部分的自己散布在積塵角落，一部分逸散在積雨雲的鑲銀邊，一部分藏身故鄉的狹窄巷弄，還有一部分踱步在錫卡哈的無瑕宮殿。

是了，就是錫卡哈，那耳邊依稀響起的喧天繽紛歌舞，就是來自錫卡哈曼陀羅——無漏之城。

第二章

當混亂的記憶逐漸沉澱，藍鳶終於理解，在那段短短期間內，他總共拜訪了錫卡哈兩次。第一次是在血腥司令的事件落幕後，護送蘇曼伽與維拉詩妮返回東荳蘭群島。當時，在他們的認知，兩位小姐應該只是荳蘭王國某個重要家族的女兒，所以威廉想要藉此建立新十字與錫卡哈的聯繫管道。

在那之前，從新十字或其他西荳蘭群島出發的船隻，並不受錫卡哈歡迎。外界商船，只准在王國西疆的銀匙港交流。說也神奇，有蘇曼伽掛保證，船隊繞過銀匙港，直接航向錫卡哈的路上，竟然未遭任何攔阻。

現在，就讓我們跟隨藍鳶一行人，初次造訪錫卡哈。當您朝東南方遠眺，而海平線上閃爍著錫卡哈金橙色的幻影時，代表船隻已經航入東荳蘭群島核心海域，同時也進入了荳蘭王國的古老疆域。

錫卡哈鏡影本身無色無重，本質接近蛛絲或乙太，只是個捕捉光子的介質。

若在海象良好的破曉時刻，前一分鐘天色依然是慘澹魚肚白，錫卡哈則像顆未受精的魚卵黯沉，轉眼，萬傾日光自錫卡哈背後輻射穿透竄出，整座錫卡哈宛若琥珀雕塑晶瑩閃亮，不只城垛宮牆、亭台華殿熠熠生輝，連街道巷弄、招牌路樹也清晰無比。「簡直是奇蹟！」初見此景的旅客總不禁讚嘆，「真不知道是怎麼辦到的？」

儘管虛幻不實，錫卡哈並非海市蜃樓。海市蜃樓是永遠無法抵達的眩景，與旅人保持等距，但錫卡哈則不然；懸浮空中的光芒之城是地面錫卡哈的鏡影，或說，人間由磚土建構而成的城市是天空之城的投射。根據一派說法，當這偉大城市築成的那天，城市設計師將設計圖朝上一拋，從此藍圖與實品、理想與現實彼此輝映。

偉哉，神廟所在，聖殿所在，王城所在。

於是乎，隨著觀者與主殿的圓形拱頂之間的仰角增長，離航海圖上的錫卡哈就越接近。終於，這座由大量紅砂岩堆砌而成的首都緩緩進入視線。是了，這就是訪客第一個會發現的顯著不同，實際上的錫卡哈既不是金色也不是黃金打造，反而比較接近炭火餘燼的暗紅色。

味道也是個令人皺眉的問題。沒人知道半空中的街道是什麼氣味，但登足錫卡哈的外地訪客大半會後悔他們把鼻子帶來。除了人群，諸如：孔雀、獼猴、水牛、貓與狗、大象與馬、騾子與驢子、家豬與家禽、單峰與雙峰駱駝等等所有與人類合作過的各種動物也穿梭大馬路上；理所當然，此處沒有專門替動物設置的專用廁所。

面對此等公衛災難，最好的方法是利用氣味來武裝自身，把身體包裹於熟悉且可接受的味道裡，像是加重的花露、檀香、麝香、咖哩味或人體最原始的氣味——汗酸之類。

幸虧宮牆後的空氣清新許多，否則藍鳶勉強出來的笑容會更加減少。難以置信，接踵而來的發展都令人難以置信，這同時也導致他在凌晨時分濛濛甦醒時，看起來悶悶不樂。

先提難以置信的部分吧。

首先，蘇曼伽竟然是王國的公主，難以置信！再瞧瞧迎接王女回歸的陣仗，滾金邊的紅色地毯一路自宮門鋪設到碼頭，所有的英雄都乘坐在裝飾華美的大象背上，浩蕩前進，嬌豔的舞女用唱唱跳跳引導隊伍，五彩繽紛得難以置信！頂禮的居民擠滿沿路的巷弄、頂樓、窗台、遮陽棚等任何地球表面，夾岸獻花焚香，虔敬得難以置信！接著，懸浮在空中縹緲不定的鏡影錫卡哈，彷彿受到召喚而自體發出萬丈澄光，真實不虛地顯示其巨大巍峨的輪廓，將萬頭鑽動的塵世錫卡哈籠罩其下。當眾人的驚嘆聲浪還在波峰，光之城牆瞬間崩解，宛若抽乾水分的沙堡或抽線的珍珠串，散落的光子化作七彩光雨緩緩飄降，地上的人們本能地伸手欲觸，雨珠卻穿透過身，遁入土中，神奇得難以置信！

種種異象，昭示長久懸宕的荳蘭國王座即將迎來新一任女王，面對這合情合理的發展，藍鳶內心強烈抗拒，無法接受。

說到這裡，喜歡老電影的讀者，或許已經聯想到：原來藍鳶遇上的，是散步在西班牙廣場破船噴泉畔的赫本，但羅馬假期卻已經悄悄結束了。他寧可蘇曼伽只是個賣象商人家族的女兒，繼續在熱帶島嶼各地的市集永無止盡地尋寶。但一切都結束了。

一切都結束了。

於是乎，一切都索然無味。金銀珠寶、綾羅綢緞的謝禮，失去了令人喜愛的光澤；美酒佳餚的盛宴，無法挑起味蕾，也無法使他怦然心動。對官方活動與外交辭令感到無聊，對被眾多大臣與女侍層層環繞的蘇曼伽感到陌生。噢！看華轎上她配戴的瓔珞、臂釧與頭飾多麼閃耀動人，又如此高高在上，凡人勿近。

他突然發現，原來珠寶可以這麼令人憎惡，當它們被用來昭示身分、區分階級的時候。

「天還沒亮，你要去哪裡？」

雖然藍鳶只是坐在床邊數腳趾頭髮呆，另一張四柱大床上的威廉早已經清醒，基於本能地警戒。

「沒什麼，昨晚吃太多了，有點消化不良，」他揉揉腹部，這才注意到威廉正盯著自己，「想出去散步。」

「附近逛逛就好，沒去過的地方不要亂闖，尤其別闖進什麼禁區之類的。」

交代幾句，威廉側身又拉上被子。同時間，喬治依然睡得香甜。

垂下的絲質薄絹像白百合花瓣，輕輕包裹著香甜美夢；凌晨涼風徐徐沁入，吹得蚊帳擺盪如浪。珍珠色大理石壁上的鑲嵌花紋依然璀璨：綠松石與碧玉之藤蔓、翡翠與青金石之羽扇葉、紅玉髓與珊瑚之花、黃水晶與琥珀之椰棗、藍寶石之線、紅寶石之弧、黑曜石之菱。在視覺盛宴之外，他耳邊隱約聽見陣陣銀鈴脆響，泠泠傳入耳邊。

毫無來由，基於直覺，他清楚明瞭，自身就是那聲音所召喚的對象；他深吸口氣。那又有什麼好猶豫的呢？在離開前他等待的一切，不正是場出乎理性預料的意外，惟有變數裡，尚存與人巧遇的機緣。

他匆匆拎起披風，禁區也無足懼怕。他需要改變、需要契機、需要奇蹟。

藍鳶緊跟聲源，滑順地通過巨幅馬賽克地板、層層精細若魚骨的雕花石英護欄與數不清的迴旋塔樓，來到未知的花園一隅。

鈴聲忽然斷線，但盛開的奶黃色緬梔花下卻顯露出條羊腸小徑，一路曲折下探。步出這一小片緬梔林後，赫然是個陡降坡，面向大海。時近破曉，遠方海平面已經些許亮點閃爍。

這裡是哪裡？

藍鳶左顧右盼，終於看見熟悉的地標：筆直豎立的圓頂高塔。那當然不是叫拜塔，而是座燈塔。它接連半里海堤坐落於錫卡哈港外，功能兼具引水人的路標。

正當他在估算自己的相對位置，海浪逐漸退去，乾涸的海床連通海岸與一座沿岸島嶼。他毫不猶豫地朝小島跑去。

小島本身是塊碩大的珊瑚礁，結構完整得像座城堡，難以想像幾萬年前這還充斥著五顏六色的軟體生物與熱帶魚。等藍鳶登上灰褐色的礁岩上，才發現整座島上已經改建成一座神廟，由於結構依山勢起伏且就地取材，加上濱海植物所覆蓋的旺盛根系，遠觀難以察覺。

他好奇的低頭觀察沿途的那迦浮雕，場景卻不似乳海攪拌。來到面海側，底部依然浸潤的平台上，一對壯麗的善惡門迎東方而立，像兩扇人造山岳，玄武岩上的雕飾因長年侵蝕而模糊了輪廓，基部還依附了些藤壺。穿越中央狹窄的通道，前方是更加高聳的塔廟，繁雜的小四角柱層層頂上一排小四角柱，在無數小表面上則貼滿了碎瓷拼花，令人目不暇給。

費力爬了數階陡峭的階梯，終於來到正殿門口；他注意到門口擺了雙鞋，於是也脫下靴子入內。

「年輕人，一大清早來參拜的嗎？」

在他瞳孔適應殿內的漆黑前，一名駝背老者從角落浮現。

「呃……是的，」幸好天還沒亮，否則對方一定會察覺他的耳根，正因說謊而發燙，「但我不太清楚正確的……參拜程序之類的，希望沒有冒犯。」

「呵呵，只有無聊的司祭會在意這種繁文縟節，人們若因恐懼儀軌而遠離神靈，反是吾人之過了。」老人和善地笑著，「依愚者之見，心誠則靈。」

「原來如此。」

老人穿著樸素，長鬍花白而沒有頭髮。因背脊無法打直，胸前懸出一段白棉線晃呀晃。「沒料到你竟然懂吾人的語言。」

銀墜的力量破封後，他除了思緒流轉更為快捷，對語言的掌握也是一日千里。

「簡單的溝通而已，還有很多需要學習。」他總覺得在某個場合見過這位老人，而且就在這幾天內，但就是想不起來。他一直全神貫注，等蘇曼迦看見：「那請問，這座廟中供奉的主神是？」

「曙光將臨，何不稍待片刻呢？」老人負著手，在大廳悠閒緩步，「依你裝扮，該是前幾日來的那批外地人吧。」

「是的，承蒙招待，吃的住的都非常舒服。」

「但你跟其他人的氣質，也非常不同啊。」

藍鳶微笑點頭：「某方面來講，對他們而言，我也是外地人呢。」

「辛苦，辛苦。且記得，在梵我之外，皆屬外地。」老者緩行到門口，此時錫卡哈幻影的輪廓開始清晰，「看見那曼陀羅了嗎？」

「看見了，今天也是非常神奇的景象。」

「你知道嗎？許多這裡的人相信，只要多做善事、多說好話、保持健康的想法，下輩子就可以投生到那座黃金之城。他們還相信，所有過往的聖人們，現在就居住那雲端之上，凝視著我們這些凡人的一言一行。」

「老先生也這麼認為嗎？」

「愚者比較貪心，相信我們只要每天多努力些，總有一日可以完善所有的不善，腳踏之處即成無瑕之土，無需來世。」

「好積極的想法。」

「如果只能使世人期待來生，那就離創國兩大神跡之一的，錫卡哈曼陀羅的本意越來越遠了。」

「創國兩大神跡？」關鍵字令他豎起耳朵。

「想聽更多的故事嗎？」老者似乎也在興頭上，「我們當下所在，就是另一個神跡。但嚴格說來，此座神廟是為了紀念那個神跡，本身倒沒特別之處。」

「所以，是紀念怎樣的奇跡呢？」

「說起來，就牽涉到吾國的歷史始末了。你來這裡也巧，這廟裡有系列壁畫就是在描述這些情節，所以，讓我們再等一會曙光吧。對了，傳說中這寺裡還藏了幾句真言，關係荳蘭未來國運，百年來從未有人尋得頭緒，說不定你這外地人中的外地人反而能看出蛛絲馬跡。」

「唉呀，怎麼可能……」藍鳶趕緊搖頭。

正在謙讓，已是日出時刻，但雲層尚未散盡，導致晨光不乾不脆地零散到來。

老人沿著靠近門邊，指著先被照亮的浮雕壁畫，如數家珍地述說史話：

「吾人先祖，世居於大洋與大陸的邊陲；由於海岸豐饒，加上貿易帶來的物資，先王們堅守城邦，並不涉及內陸諸國的霸權爭奪，如此倒也平靜了好些歲月。吾邦信仰虔誠，兼容諸派，也庇護了許多受迫害的宗師，長久以來，逐漸融成四部傳承。對於四部與皇室的崇敬，是吾人立國的根基。

「西方天際昇起一輪紅色新月，迸發十二道白色光芒，諸神的大陸因此顫抖。一場前所未見的戰火襲捲而來，數不盡的古老姓氏猶如朝露消逝無蹤。使者與探子從遠方不停回傳消息，不願屈服的千年神廟、經典古籍與博聞學者皆付之一炬。先民們當時雖然還處於戰圈之外，卻也舉國哀戚。愁雲慘霧之際，新繼任的國主，也是吾人所尊稱的開國王，在沉思中獲得神諭啟示，打造巨船，以祝賀皇室之名，召集動盪中依然保持忠誠的諸城臣民，在無月夜裡悄然航向遠東，重建王國。幸得諸天庇佑，果然在大洋中尋得有淡水的無人島嶼，謂之東荳蘭。」

老人隨著陽光的腳步，來到那迦巨蛇盤聚，驚濤駭浪的場景。

「重新安家立業的先民，雖然暫避兵禍，人類與牲畜的氣味卻引來周遭海域的飢餓毒獸。根據記載，那時共有九尾巨大的海蛇沿岸作惡，不只吞噬漁人，甚至溯溪上游，居民因取水、耕作、洗衣與沐浴而遇害者，不計其數。

「當舉國束手無策，深山中忽然出現一名魁梧的青年，騎著一頭比象還壯碩的青牛闖入宮中，並徒手搏倒最精銳的近衛兵。此時的國主乃荳蘭傳國第二王，吾人敬稱之善目王。國王見來者不凡，設宴款待，青年毫不辭讓，豪邁狂飲三天三夜，直到宮中再也榨不出一滴酒。此時，從頭到尾不發一語的青年終於開口，說可以允諾國王一事，國王便提出了屠龍之請。那人眉頭皺也不皺，只仰天大笑，笑畢徑自朝海岸而行。

「關於接下來的故事，雖然我們有百來首詩歌專門歌頌這段英勇事蹟，吾人還是簡要為佳。只見勇者的青牛坐騎首先衝入海中，貪婪的海蛇紛紛現身，爭相吞食；等九條惡獸齊聚了，勇者縱身入海，勁力之威猛，大海因此裂成兩半。被激怒的海蛇們也露出銅青色的毒牙，挾滔天巨浪圍殺勇士，雙方戰得日月失色。最終，這些惡名昭彰的那迦領主，一一被勇者絞殺，但黑青的毒血沿岸漂流，竟讓作物枯黃、水源朽壞。當先民身陷另一輪災難時，勇者自深海凱旋走出，尚未接受眾人的感念，先低頭飲盡毒露，然後揭露了關係未來的『十二項預言』。啊，偉大的英雄呀，我們甚至不知他的姓名，已然長眠大海。」

老人溘然長嘆，一時無語。朗誦偉大的史詩之後，總要搭配此種神情。

「然後呢？」顯然藍鳶對民族史話抱持高度興趣，「所以這座神廟，是為了紀念那位達成斬龍偉業的神祕勇者，是不是呢？」

「然也，事後經過長老們討論，將這位英雄視為主神『那塔羅迦』的化身，這就是關於神宮的歷史淵源了。」

陽光透過天窗，落下狹長的光束，照耀大殿上的雄偉神像。那是尊黃銅鑄成的藝品，巨大卻格外靈動，或許與其姿儀有關。神祇舉腿起舞，定格在一個連續動作的瞬間，騰空指向斜前方的左腳使得下半身彷彿在旋轉；因為上半身另有四臂，而神祇髮流又渦旋揚起，視覺效果更添韻律感。但毫無疑問，這是尊肅穆的塑像，神祇閉目斂神，並未分享絲毫憐憫、慈愛予眼前眾生，彷彿祂只需關注自身內在，即能傾聽與回應宇宙的所有。

藍鳶見祂一臂手持鈴鼓，不自覺感知胸口心搏，他又見神像一臂手持火焰，使他留神吐息間的溫度；尚未透光的圓頂似乎成為深邃的黑洞，耳邊瞬息閃過千萬細語。藍鳶嘗試辨識訊息，但這些宛如螞蟻交談的片語不只極其渺小，卻又彼此破壞干擾。當他逐漸分神，神祇結印的平靜手勢又把他拉回現實。

他改變分析角度，轉而讚嘆眼前的巔峰工藝，兼備動態與靜態、材質與力學、細節與整體。

「那麼，錫卡哈曼陀羅和那塔羅迦之間，有什麼關聯嗎？」

「錫卡哈曼陀羅又是另一位主神的奇蹟了。」老者繞了一圈，又回到門口，瞇眼仰望天上的幻影，陽光開始有些刺眼，「民間流傳一種比較生動的說法，因為屠龍事蹟大大增加了民眾對那塔羅迦的信仰，另一位主神才趕緊降下另一種神蹟，挽回聲勢。這當然是不正經的玩笑話了，凡人的熱情如同眼前這角落的潮汐起落，怎麼可能影響到偉大的存在，你認為呢？」

「唔……」老人突來的問題令藍鳶有些錯愕，他其中一個不擅長的領域就是形上學。短暫思索後，藍鳶聳肩攤手：「這問題真困難……我不知道答案，或許因為……我也只是個普通人吧。」

「我們都是普通人，只是有些人在探求奧祕的路上多走了幾步。」老者點頭，不置可否，「關於曼陀羅的奧祕，其實散見在各部典籍中，只是千百年來沒人領略澈底。那迦毒禍之後，新都百廢待興，從故國帶來的資源逐漸不敷使用，幸好當情景從各方面看來都越來越糟的時刻，人才輩出，最後四名傑出的宗師終於悟出曼陀羅的奧祕，攜手締結了護城結界。只要光輝照耀，錫卡哈即可豁免於饑荒、疾病、兵禍。啊，這段因緣，是否有如守護之神的恩典眷顧？」

「咦，既然這結界威力這麼強大，為什麼蘇……兩位公主，先前還會被海盜挾持呢？」話一出口，他就懊悔自己的唐突。

「唉，或許是玉座長久懸宕的緣故吧，某方面而言，結界會與國王產生感應。玉座懸宕太久，結界效力也會減弱。」老然面露憂愁之色。

「太厲害了，那四位大師，一定非常非常頂尖。」為了轉移話題，他趕緊仰望天空之城，想像久遠前的深刻背影，「說起來，蘇曼伽也是這般超群的存在吧。」

「百年之內，確實沒有人能如她領略書中奧祕……」

察覺老人的語氣不是非常稱許，藍鳶不禁追問：「這不是，很厲害嗎？」

老者深深嘆息：「我只擔心，這鋒芒，不屬於太平盛世。說了這麼多典故，你似乎對於人的興趣更濃厚。」

「唔……」對於初次見面的老人，他想還是保密身分為佳，「大概是對強者的崇拜吧，覺得這些人可以改變歷史的軌跡，非常了不起。像我這樣的人，腦中一張偉大的藍圖也沒有，難以想像世界還能是什麼樣子。」

「若有能力，你想做什麼？」

「好好生活。」他感到些許難為情，「唉呀，抱歉，聽起來真是胸無大志……」

「我們這兒的人也都簡單生活，不需要什麼奇蹟呀。除了那群老想多賺幾枚銀幣的忙碌商人。」老者又回到大廳中央踱步，「唉呀呀，陽光幾時才要照亮上面的壁畫，咱們去年才整修，沒見著就太可惜囉。」

「真的嗎？真令人期待。」

海平線上的雲層終於退讓，光束的箭矢穿入殿堂。在輝煌璀璨的圓頂史詩壁畫之前，藍鳶卻覺得消散中的煙塵，或濃淡或屈折，彷彿透露某種訊息，即將閃逝。「呃……」開口想要解讀，反而喉嚨一緊。

果然不是普通的文字，他的好勝心竟然難得點燃。藍鳶輕閉雙眼，沿著銀鍊緊握懸在胸前的墜子，直至潛藏體內的充沛力量全部甦醒，接著鷹目疾掃，恰好捉住煙霧消散前的瞬間。

「『真理與利益，愛與解脫，此處若有，別處或有，此處若無，別處亦無』。」

甫落的話語掀開舞台布幕，各部位零件紛紛上緊發條，竄上前台。

「哦。」老人起先瞠目結舌，後來手舞足蹈起來，「原來是這樣，原來如此，是藏在霧裡。」

佈景首先登場：壁畫裡的渦旋與波浪線條開始擺盪、延伸、交織，環繞廳堂的二維水紋轉眼成為海洋，盈滿整個空間。隨著浪濤律動，奇岩島礁接著現形，星羅棋布。老人凝神關注了一會，隨即理解異象的內容，並開始解釋：

「這幅作品，記載了開國後六十年左右的大事件。先人遷往海外的消息傳開後，一些部族也循著這條海路，陸續移居在不同的海島，之後各自發展成數個邦國。到了傳國第四王的時代，各勢力開始接壤、衝突、角力。最後，為了利益、宗主國的頭銜和影響力，幾個邦主們成立了神聖孔雀聯盟，陸續吞併荳蘭王國的外圍聚落與島嶼。啊，沒想到，我們竟然在這遙遠的東方，把故國的恩怨又重新上演了一次。」

影像的一方浮現整排的戰艦，雄赳赳地朝另一端推進，沿路狼煙升起。

「面對敵方不停進逼，原本以談判為主的國主終於下定決心，以戰止戰。我方集結了所有轄下與盟邦戰船，以青牛為旗幟，與神聖孔雀聯盟展開一場海上對決。」

彼端戰船也一列列自壁畫的港灣駛出，不同旗幟的兩方陣營在中央對峙，而後激烈衝突。空中箭矛齊飛，水上戰船不停衝撞、沉沒，至於腳踩之處，戰士捉對肉搏，差使犬狼、蛇蠍、虎豹的特種部隊也活躍其中；犬牙與利刃，宛若競技場，在人造的叢林中模糊了人與獸的分界。顯然，進攻方享有數量優勢，沒多久，荳蘭國的船隊開始潰逃；神聖孔雀聯盟方士氣大增，鍥而不捨地追擊荳蘭王船。

「雙方交戰未久，王軍開始敗走，對方也見獵心喜，想要一舉殲滅我方主力。然而，聯盟軍越深入我方，越無法掌握水文地理的情報，孰不知，國主撤退路線乃精心策劃，所經過的海域乃是一片大型環礁，只有一年一次的大潮才隱於海面。我軍迂迴拖延，在退潮前夕退出暗礁地帶，不及眨眼，北方聯盟的船隻，中型以上已經盡數擱淺。這個時候，原本埋藏在各島嶼隱密峽灣的盟軍紛紛現身，與王軍完成包圍作戰。孔雀聯盟軍不願坐以待斃，棄乘輕舟打算突圍，不夠堅韌的小船卻被我方用戰矛盡數擊毀，眾將士只能退回空無一物的礁岩上。我王亦不追擊，只待對方水糧用盡。如此圍困十日夜，孔雀聯盟終於投降議和，雙方諸王在眾神之前立下永恆誓約，奉荳蘭國為尊。而這位立下傳奇的國主，吾人敬稱為一勝王。

「現在你明白了，東荳蘭王國內部的微妙平衡。由於海流與風向的緣故，荳蘭群島跟其他島嶼的往來不甚頻繁，東荳蘭尤其孤立。這也是為何，吾人只願外界商船在銀匙逗留，就是怕外界的風擾動了東荳蘭的平衡。怕只怕，也到了不得不改變的時候。」

藍鳶吐口氣：「世界好複雜，我還是鑽研魔法就好。」

「吾人也想，只專心侍奉神明。」

故事最終幕，畫面出現十來位偉岸身影，一齊屈膝拜向大殿的那塔羅迦神像。而後，奇異的光芒與幻象消散，輝煌的事蹟回歸虛空。看到這裡，藍鳶忽然恍然大悟。

「所以，立下盟約的地點，就是……這裡！」

「是唷，就是這裡，所謂的聖地。」

熟悉的聲音從背後傳來，電醒了專注欣賞演出的藍鳶，他驚愕轉身，赫然發現殿外已經站滿了交頭接耳人群，而且很明顯不是那種「好」的議論紛紛。當然，最使他暈眩的，還是眼前的夢中倩影。

「爺爺，」蘇曼迦插腰挑眉，抱怨猶帶親密，「你怎麼把他帶來這裡了？」

「吾人正在清淨祭壇，這小夥子自己就走了進來，」老人依然親切地呵呵笑，「說不定，是曼陀羅把他帶來了。」

老人的身分雖然高貴，但更要他吃驚的事情後面還許多。

「我闖了什麼大禍嗎？」他怯懦地探問。

「何不抬頭看看。」蘇曼迦抬頭，嘆口大氣。

他再次審視穹頂壁畫，在光影展演之後，各種寶船與海景皆已消失無蹤，取而代之的是草原戰野場景：威武的戰馬、堂皇的戰車與勇猛的戰士分居兩側對峙。

不可思議，宛若翻過一頁畫冊，原本遼闊的壁畫瞬間換成全新主題，但他並不知道這把鑰匙轉下去，會改寫整幅圓頂壁畫浮雕。更何況，他腦中完全沒有這新作品的藍圖。就好像，這幅草原對戰場景早藏在原本的海戰畫布之後，等待翻頁。

「這是……『俱盧之野』。」老人平靜地下了註解，彷彿既不是好兆頭也不是壞預兆。

「俱盧之野，經典的章節，摩訶婆羅多……」她沉吟了幾許，隨即摀嘴驚呼，「這是『永恆之詩歌』，倒數第二個十二項預言！」

「聽起來，是很昂貴的樣子……」他心虛地拍拍胸口，好像打破傳家骨董的頑童，手足無措，「沒問題，我一定會想辦法回復原狀……要我留下來洗碗掃地也沒問題，這與其他人一點關連都沒有。」

「說出口的話語怎麼收回，成真的預言怎麼回復？」蘇曼迦擔憂地望向老人，「我們只剩下最後一項預言了，『荳蘭燈熄，星舟散離』。」

明顯地，這不是什麼好預兆。

「冷靜點孩子，說出口的話語無法收回，別嚇到訪客跟其他人。」老者試圖安撫蘇曼迦，「離最終預言，還有兩則虛幻之物尚未成真。況且，預言之間通常都會間隔非常久，說不定還要一百年才會全部到來。」

「噢不，我已經看見諭示了，」她指著藍鳶，「在他們身邊的日子，我親眼目睹了『遙遠國度非實非虛之珍奇海獸』，以及『恆河沙數之不沉玳瑁』，加上剛剛『永恆之詩歌』，只剩下最後的預言，等待實現。」

雖然身陷迷霧，狀況外的藍鳶還是推敲出非實非虛之珍奇海獸代表什麼，至於第二項：恆河沙數之不沉玳瑁，儘管一時聯想不出，但應該和玳瑁港發生的事件相關。

「對不起，我很抱歉。我沒想到只是四處走走，會不小心實現不該實現的預言。」藍鳶慘白賠罪，不管預言成真到底是不是他的問題，這都不是他想要的重逢場景。他現在只後悔沒有聽威廉的勸告，乖乖待在客房。

「吾孫蘇曼伽，預言是危機的警示，卻不是危險本身。難道把濃煙吹散，火種就會熄滅嗎？預言應驗，表示諸天正在照看我們，這不是應該感到歡喜嗎？」

見藍鳶面色蒼白，比學科被當還慘烈，比誤踩陷阱的野兔還無辜，蘇曼迦體認到自己反應過度，反而有點不忍。

「爺爺教訓得極是。沒事沒事，都說是曼陀羅帶你來了。不過就是些曖昧不清的傳說罷，我也過度認真。真要依循經懺，什麼正經事都不用做了。早餐也準備妥當，你應該什麼也沒吃，空著肚子就出來散步，沒關係，那就……先一起回去吧。」

蘇曼伽先與老者互相點頭，又朝藍鳶眨了眨眼，隨後輕拉了他的手臂，把藍鳶引導在身後。

「早知道，就多一點時間陪你。」她用氣音說著，看他喜上眉梢，又補了一句，「你就是想聽這句，是不是？」

他得承認，這句話確實讓他感到輕飄飄。就這樣跟在她身後的瞬間，令他想起了兩人在夜色中的漫舞。

「真要燈熄舟沉，你得跟我一起負責。」

「一言為定，公主殿下。」他點頭如搗蒜。

蘇曼伽嘆氣：「好不容易從海賊窩逃出來，誰知道又有傻瓜觸發預言，這下大家都要當我是王國終結者了。我的輕鬆好日子呀……」

晨間騷動正要結束，門外的侍臣與女官們忽然畢恭畢敬的讓出一條路，另一位王國要員從容登場。

「瞧我差一點錯過了什麼精彩片段？」

來者衣著樸素，圓領及膝的克塔長衫不帶任何刺繡花紋，但從方才的教訓，藍鳶瞭解通常穿得越簡單的越不簡單，而能在神殿內通行無阻的人更是資歷非凡。

「一聽聞妳凱旋歸國，借外人之手除掉那班海上害蟲，我便放下手邊諸多政務與教務，匆匆自銀匙郡趕來。看來我的預感果然正確。可惜還在路上的兩位古魯，竟然錯過這歷史關鍵，我替他們扼腕。」

「久違了，希凡克。」蘇曼伽立刻板起臉。

「久違了，蘇曼伽，以及……」希凡克望向老者，但不知幾時老人已經坐入冥思，「諦達大師。」

被稱為希凡克的壯年男子面容鋒利，特別是他突出的羅馬鼻，散發出的孤傲總讓人不自覺想站遠一點。希凡克本人很滿意這效果，因為他對閒雜人等特別缺乏耐性。但藍鳶隱約感覺希凡克看蘇曼伽的目光，別有索求。

「沒什麼值得扼腕。」蘇曼伽斬釘截鐵，「不過就是個登基儀式前的插曲罷了。」

「插曲嗎？我不這麼認為。」當藍鳶躲在蘇曼伽背後觀察希凡克，他也在打量藍鳶，「解破預言的，就是這個外教小子？」

如果希凡克看蘇曼伽的目光像是果農之於即將熟成的莓果，那希凡克審視藍鳶的眼光就像是獵戶之於獵物。意識對方正在窺探自己內心的軟弱處，藍鳶也在腦海中凝結出一面鏡子，把窺視的目光反射回去。他已經因為這招吃過太多次虧了。

「收拾輕慢之心吧，除非在場眾人之中，還有人能憑一己之力，把血腥司令打回虛無而毫髮無傷。」

「確實，不簡單。是我失禮了，公主之友。」

一輪測試占不到便宜，希凡克嚴肅地把藍鳶當一回事。面對陌生人莫名的競爭意識，藍鳶感到焦躁難安，不想出頭，但也不想低頭。

「只怪我能力不足，繼承高位，卻遲遲無法參透奧義。在公主遇難之時，無法即時救援。」希凡克手按胸前，沉痛表述，「怪不得，關於我們兩家的聯姻請求，總不被認真考慮。」

耳聞希凡克的驚人之語，藍鳶一陣驚慌，反而是蘇曼伽冷靜異常。

「曾經輪值攝政的四大古魯，說出的話當然有份量。可惜父親依然下落不明，聯姻之事，暫且按下吧。眼前，還是請表哥幫忙讓繼位儀式圓滿結束。」蘇曼伽給了希凡克一個和煦的微笑，「為了祝賀表哥即將領悟奧義，我早釀了多壺美酒。所以，希凡克，別在外賓還有大家面前討論家務了，好嗎？」

「我……」希凡克一時語塞，又凝視了蘇曼伽一會兒，隨即收斂鋒芒，「那我離開了，去監督繼任大典的儀軌。」

等希凡克離開了，蘇曼伽也對在場其他廷臣與宮人宣布：「大家都聽見諦達大師的開釋了，這位外賓是帶來諸天意向的信使，剩下的日子，也別怠慢了。」

事件落幕，眾人趁著低潮，列隊離開海上神廟，蘇曼伽則與藍鳶緩慢走在隊伍最後。

「為什麼，突然這麼多人聚集在這裡呢？難道是固定的晨間參拜時間？」

「才不是為了晨間參拜，只是因為神廟方向忽然昊光大作，驚動大家，才趕過去一探究竟。」

「唔……真是抱歉……」藍鳶的耳朵一片紅通通，「那……那個希凡克……是不是跟你很……」

「你說呢？」她以只有他們兩人明白的語言交談，「一群傻瓜。」

「包含我嗎？」

「如果你現在內心正因為他而苦惱，那你就是其中之一。」她隨即搖頭，補上一句，「是，你早就是了，打從你來到這裡，煩惱都寫在臉上。」

「我覺得……」不行，從神廟回到花園的路其實很短，他不能再拖拖拉拉，「妳突然，變得好遙遠。」

「只怕我離你進一點，你就要死得不明不白了。剛剛不是才演給你看？」死亡與愛，這組對比讓他感到熱血澎派，心跳更加速。

「我不怕。」

「不是想要簡單輕鬆過日子嗎？」她淺笑消遣藍鳶。

「我不要……」他悄聲說著，「沒有妳的日子。」

「我等等有點時間，可以當你導覽，你有特別想去哪裡看看嗎？」

「圖書館。」他毫不猶豫地回答，「我一直想要來個，圖書館的約會。」

「哪裡冒出來的書蟲？」蘇曼伽忽然停下腳步，「他們要上爬坡了，那段路有點濕滑，走到那裡，非要專心腳下才不會跌倒。」

明白她的意思，藍鳶大膽地牽起蘇曼伽的手。蘇曼伽不甚滿意地搖頭，食指壓在他唇上，更大膽地在他臉頰上蓋下一個吻。

曖昧不清的凌晨已經結束，蟬聲大起，海鳥聒噪。前夜的雲層澈底消散，旭日東昇，波光瀲灩萬頃，映照她的輪廓，彷彿表面也泛著層白色光輝。她身上的各種綴飾也跟著璀璨閃耀，好似隱蔽的星辰都到她身邊落腳。他覺得美極了，原來有些人的本質，比較接近光芒。

然後，雨開始不停降下。

接著，他染上了無以名狀的病灶，記憶開始亂流。在黏稠的灰褐色漩渦中，他回到了新十字。然後於迴光返照的清醒片刻，聽了場關於對群體盡責的演說，接著善盡了祝福朋友的個人責任。

因為午後一陣陽光，他想起了一段輝煌的故事。就在不久前發生。

醒來時，他原以為外面又開始降雨。但大氣流動並沒有符合他的預期，暫時放晴。一如掌舵的命運女神，總航向難以預料的道路。

為何提到命運女神呢？占星與煉金術的符號，向來不是他的強項。但他的女神，卻是真實不虛地在窗外停泊了。

窗外？藍鳶揉揉眼睛，再次確定自己沒有看錯。場景依然是在人來人往的第五街，只是路上所有行人都目瞪口呆，抬頭仰望他原應平凡無奇的窗台。

他拔出插拴，推開窗戶。她人就在窗外，坐於一條緹紅色的飛天魔毯之上，披巾滾邊的金片隨風舞動，閃閃發亮，美好如往昔。

「好久不見。」

至少也使用些隱蔽魔法，害他的房間變得醒目極了。藍鳶心想。

「現在不是說這些客套話的時候，難道你還沒發現嗎？再這樣下去，你就要死掉了！」

「我？」他很不進入狀況，「沒命？」
「難道你毫無感覺嗎？」她蹙眉。
「我想，只要調養一陣子，應該不是什麼嚴重又致命的絕症才對。」
「我的信呢？看了沒？」
他指著桌面那疊由郵件與廣告目錄堆成的小山。
「噢！」蘇曼伽懊惱拍額。
「我現在找找。」
「沒時間磨蹭了。」
她撫掌輕拍，信件山丘頓時開始燃燒，並冒出一小股濃郁的白煙。煙霧竄進藍鳶鼻腔，那是種綜合薄荷、香茅、艾草、檸檬香草、鼠尾草、羅勒等十來種香草的冰涼味道。
他腦內的混沌風暴也暫時被冰鎮，思考恢復清晰。
「難道是解開預言的代價嗎？」
「是代價，但與十二項預言無關。神諭所揭示的是王國命運，你又不是皇室代表，當然沒有關係。」
「那是什麼的代價？印象中，我從來沒拿生命立過什麼契約。」
「沒時間慢慢解釋了。」她解開腕上的一條碧色手巾，面積瞬間倍增成比床單還大的絲絹，把藍鳶團團圍住，輕柔托上魔毯，「先上來，跟我走，詳情之後再說。」

第三章

再次睜開雙眼，藍鳶已經不在新十字的第五街。

他謹慎觀察四周，察覺自己身在一座塔樓頂端，四面各有鐘形大窗，輪廓又有點像鑰匙孔。建築與裝飾的風格類似他短居錫卡哈時的宮殿，但完美得失去真實感。

所有的材質都晶瑩透光，彷彿這房間由琥珀雕成，另有蜂蜜伏流過鏤空的部分；又好像光子被施了魔法而凝成磚石，紋理封存了一段時間。當他注意到所有的材質皆屬透明，他感到又神奇又惶恐，自己竟然沒有掉落下去。

他非但沒從地板穿透，反而站得安穩。而藍鳶越端詳，周圍景象更加清晰，絲毫沒有溶解的跡象；連地板與牆上的瓷片都深刻分明。那幾何花式的排列組合他前所未見，精密難以想像，簡單的重複元素堆疊成極為繁複華美的圖案，遠勝他在錫卡哈宮殿所看的任何作品，連摩爾人留在里斯本的阿蘇里修瓷磚畫也難以企及。

當他的疑惑和讚嘆同時增生之際，蘇曼伽沿著螺旋梯走了上來，黃金比例。她穿著低領短袖的蜜橙色克塔長衫，兩側開衩，沿邊繡著駝色雲紋，頸後還偎了條緋紅色的披肩。他心想，這應該已經是蘇曼伽最日常且平民的裝扮了。

「唔……所以，我已經來到天國了嗎？」

「如果這裡是另外一個世界，那麼，」她從容許多，不復先前十萬火急的神情，「站在你眼前的，是與你攜手共赴天界的蘇曼伽，還是來自你意識的虛幻投影呢？」

藍鳶沉吟了一會兒：「我認識的蘇曼伽，生來就被賦予偉大的使命，絕對不會輕易捨棄她在人間的任務。所以……」

「所以，你也是。」她直接把話接過來，「來窗邊瞭望吧，這裡是連我也沒到過的王室私房景點呢。」

他跟著她的腳步，分別跨坐在窗台兩端。

只見奶綠色的天幕下，同樣閃耀燦爛光輝的圓頂宮殿、塔樓與城牆方正整齊的羅列在前；而整座城堡的基石卻埋在浩瀚的雲海中。

「我們能踏在雲上漫遊嗎？」

「不行唷，那真的會摔下去。」

「可是，這些城堡不是由雲朵承載嗎？」

「雲朵只是剛好飄過來。」

「嗯？」

藍鳶還不可置信，風勢轉強，雲流也加速奔騰，沒過多久，雲團已經成為一座空中的雪色小島遠颺而去。此時裸露在城腳之下的，是絕對的虛空，鳥群好似魚群自由穿梭來去。

他接著留神凝視底下，遠方底端是一片湛藍色的水幕，點點白光是風帆船正緩慢航行；平靜無波的海面之下，隱約可見光輝之城的漣漪倒影。而上百個三角帆布輻合的原點，正是王國的帝港與帝都：錫卡哈。環繞周遭的蓊鬱翠綠，是遼闊而神祕的原始熱帶雨林。

雖然觀看的角度罕見了些，但他還是身處原來的世界。只是晚霞時刻的綺麗夢幻紫色調光譜，加深了他的超現實錯覺。

「我們在錫卡哈曼陀羅的正上方！」藍鳶忽然了悟。

「答對了。」她把雙腿也懸在窗外擺盪，「爺爺沒跟你說嗎，曼陀羅的力量會與王座繼承人互相牽引；也就是說，只要王的意志夠強大，海市蜃樓也可以實體化。當然，也要四位崇高的古魯同時在地面護持結界，才能辦得到。所以，你真的很幸運，如果不是剛好遇到登基典禮這類重要節目，除了爺爺，另外三位古魯平時都待在各自的教區，很難澈底展現錫卡哈曼陀羅的完整力量。」

他依稀有印象，那個在蘇曼伽身上追尋些什麼的希凡克，似乎也名列四位大師。

「等等，這麼隆重的儀式，為什麼要特意表演給我這個外人？」他在慌亂中挑揀適當的詞彙，「我是說，太麻煩大家了。像我這樣一個平凡人物，怎麼好意思讓妳勞師動眾，這一定會積欠好多人情，是不是呢？」

「當然不是純觀光，我路上不是跟你解釋過原因了。」她嘆口氣，「果然……」

「抱歉，真的沒印象了。」藍鳶搖頭，不確定自己怎麼跳躍到這條時間軸上。
「好吧，那我問你，腦袋有沒有輕鬆多了？」
「有。這陣子老覺得頭腦裡面塞了成千上萬的野馬，不受控制地瘋狂奔馳，搞得我好疲倦。」
「這就是我說的副作用。你那個意外獲得的墜子，叫做什麼『普羅米修斯之哀詩』的，正在快速耗盡你的生命之能。因為你人在曼羅陀的頂端，曼陀羅充盈的魔法暫時壓抑住墜子的力量，意識才恢復澄明。」
「怪不得海盜們雖然早就奪到祕寶，卻不善加利用。」
他覺得自己剛從一場長達數個月的惡夢醒來，那是龐大的意識與知識如洪荒橫流，卻無法細篩任何事物的渾沌之夢。看見所有，也沒看見所有；現在他終於想起，他的珊瑚鳳梨開花了，三天前。花梗赤紅如血珊瑚，花朵鮮紅欲滴如番石榴子。栽植多年，一直期盼開花的瞬間，但他竟然讓這份長久醞釀的感動淹沒在那些偉大的真理與資訊之間。
「我想，以他們的腦袋，只是單純研究不出開啟的方式，才隨手扔到角落。如果那些自私自利的東西知道要拿自身性命當代價，大概就把墜子當垃圾丟進海溝了吧。」
藍鳶繼續思索，如果威廉沒有在海盜船上搜索出這條璀璨的銀鍊水晶墜，如果威廉沒把這祕寶當成禮物輕易地送他，如果危急之刻墜子沒有認定他是擁有者而釋放力量……
更糟的結局，沒有然後了。

好吧，他得承認，這代價即使不划算，也很公道了。畢竟逆來順受，無怨無尤，是他的專長。

「那妳怎麼知道會有代價？當我陷入昏沉而無法做出聯想時。」

「問什麼笨問題，當然是……當然是關心你的緣故，」她別過眼神，漫無目的在景色間飄移，「哪有可能是天上掉下來的禮物？不用想也猜得出有問題，早在你離開前，我就開始著手找尋應對的方法了。」

「謝……」

他突然為自己先前的吃醋行為感到羞愧與幼稚。同時，有股暖流竄上喉頭與眼窩，讓人說不出話也模糊了視野。

命運總將他拋向冰冷的荒漠，又教他在絕望心死之際，遇見善心的牧人。

「有的，這世界存在純粹的善意。雖然『普羅米修斯之哀詩』的好處不是免費，但偶爾，真的有從天降下的禮物。」

「比方說？」蘇曼伽裝作不經意地瞥見藍鳶的表情，隨即明白他在講自己，「當然該感謝我，但也不用那麼感動……畢竟不是專程為你。我只是查詢繼承大典相關儀軌的記載時，順便翻翻罷了。」蘇曼伽中止計算風帆數目的作業，略顯激動、神采奕奕地說著，「我只是想展現最燦爛的錫卡哈曼陀羅在眾人面前，繼承人擁有如此令人讚嘆的魔力，足以證明父親絕非無能的庸君。」

「妳的父親怎麼了嗎？」

「父親他……」往事讓蘇曼伽迅速變換眼神，「在他最深愛的母親過世後，萬念俱灰，選擇了山野苦行，來淡忘爾後日夜折磨他靈魂的世間一切悲喜。於是，大家都說他是不負責任的失敗國王。」她迷濛望著遠方的巍峨王宮，「你說，是不是很失敗呢？」

「抱歉，我又問了不該問的問題。」他覺得自己真該從這高空直接跳下去。

「又不是見不得光的祕密。老把話藏心中，再投以不信任的目光，反而更讓人受不了。」

她解下披巾，只抓著尾端讓它隨風擺盪出各種弧形。他注意到披巾表面還是染印著桃紅色的大花紫薇圖案。

「對了，那我該怎麼辦？永遠待在天上嗎……好像也挺清幽的。」

「別耍嘴皮了，當然不可能，這只是權宜之計，實體化的錫卡哈曼陀羅只維持到典禮結束。想澈底根除問題的話……」她難得地吞吐，又把話題繞開，「剛好趁著繼承儀式，邀請了身分極為崇高的婆羅門、薩滿巫與阿闍梨，都是我非常尊敬的長輩，願意伸出援手。」

「所以？」

「理論上只要針對外源性的力量就好了，但時間有限，無法準備如此細膩的操作。沒辦法，已經盡力了，畢竟是罕見的案例。」她繼續數著帆船數目。

「噢，是誰說『老把話藏心中，反而更讓人受不了』？」

「好吧，我無法替你決定……」她始終不正面朝著他，只專注於披巾隨風飛舞的波形，「唯一的辦法，就是封印。而且連你原有的魔力也會一起消失。」

「消……失？」他愣了半天，臉色奇慘無比，「妳是說，我會變成普通人？」

「我不知道，別問我。」她猛烈搖頭，像做出死刑判決的法官，「或許，你也可以選擇不相信我，事情可能沒那麼嚴重；或許之後，你可以找到別的途徑恢復原本的力量；或許，真的就只能當個正常人。」

她使用了「正常」的字彙，彷彿他是從某種疾病中痊癒般可喜可賀。

顯然，起不了任何正面作用。

「是這樣嗎？」藍鳶看著自己的掌心，那修長的手指至今只學會一種專長，「完全失去呀……」

在某瞬間，他確實想從這上萬英呎的高空彈跳而下。至少，加速墜落的過程會讓他昏厥，而不用做下抉擇。

算了，真做了，也只是讓蘇曼伽多拯救他一次。

很長一段時間裡，他不確定自己喜不喜歡這個事實：他懂得魔法。

他想起初次走進魔法學院的辦公室時，他緊張地直盯地板縫隙，不敢聽校方行政人員如何解釋因為流程疏失導致這個學生沒有歸屬的系所；他想起布蕾太太沒有直接打斷行政人員，但她光用鼻孔出聲就足以羞辱對方。他想起在家鄉的最後時光，老是被大一點的孩子圍起來拳打腳踢，儘管他收藏的玻璃珠早被搶奪不剩；終於在他們把他從二樓陽台推下後，發現他受傷也會流血。

他想起在圖書館翻閱的生物百科，裡面紀錄了養在籠中的老鼠們會本能性地攻擊體弱者，嚙咬得體無完膚；幼鯊自母體誕生前，會先吸收——當然是咬吞——孱弱的手足。

他一直無法想通，若殘酷是自然鐵則，生為弱者該怎麼辦？

直到他掌握魔法，支配力量，麻煩終於不再上門。儘管他看起來還是營養不良、弱不禁風，咒文依然是隱形的警戒色，有效嚇阻了周遭的人性劣根。

布蕾太太總將魔法師歸納成兩種類型：桀驁不遜的自大狂與離群索居的隱士；兩種都不是當爪牙的料，所以魔法師對國家的直接貢獻永遠有限。而他不知不覺逐漸成為後者，就算居住在熱鬧的市鎮，總要費神抹除自己存在的痕跡與味道。

就算是強者的世界，他也亟欲遠離。

現在，藍鳶很確定，他喜歡會魔法的自己。沒有順利註冊商學課程，是他這輩子最幸運的錯誤。

而這個幸運，就要棄他而去。

「玫瑰就算不名為玫瑰，依然芬芳。」

「什麼玫瑰？」

「沒什麼意思，突然想到的。」

「嗯。」

她隨口應聲，又陷入沉寂。

黃昏色調開始轉暗，城市亮起第一盞燈。

「對了，我說……變成普通人的話，是不是就更難接近妳了？還有機會，待在妳身邊嗎？」

她繼續假裝在意那條披巾。燈火接著迅速點點亮起，在褪色的山脈與海洋襯托下，群聚閃耀如星系銀河。

「過陣子，當無風帶移至錫卡哈時，我們將在風平浪靜的夜晚舉辦一個水上慶典。那是每三年才辦一次的盛大慶典。城內所有的居民都會划著扁舟來到港灣中央，漂放無數的蠟燭來紀念當年的長途旅行，然後不分彼此，徹夜歌舞狂歡到天明。到時候，我再邀請你來，好不好？」

他知道該換他說些東西來回應，偏偏只聽見自己沉重的吐息，與失序的心音。

風向忽然改變，讓蘇曼伽玩耍的披巾朝他擺來。藍鳶忽然大膽地跳上窗台，一手扶著窗沿當支點，然後整個身體奮力向外延伸，抓住披巾另一端。

她終於不得不面向他。

而天已經完全黑了。

場景回到新十字的藍鳶房間，這次換隔壁的鄰居來訪。

「這就是你失去力量的過程？」麥西米連問著。

「是的。」藍鳶點頭。

「怪不得那陣子你總是躲著我們，明明路上遇見了，也立刻轉到巷子裡。」

「真抱歉，」他喝了口茶，接著微笑，「即使是現在的我，也無法習慣那種狀態，我也不太會形容，反正就是很怪很糟糕。」

「沒關係，一切都過去了。那接著，來說說你如何恢復吧。」麥西米連頓了一下，「雖然我這個平凡人一輩子應該處在這種很怪很糟糕的狀態。」

「平凡人不會環遊世界。」

「很好。」他敲響指節，「所以你怎麼找回你的機智呢？」

「恢復的過程嗎……嚴格說來，相當大的部分還是他人的功勞。」藍鳶發現茶壺已經見底了，「我已經講整個早上了，你會介意我休息一下，順便泡個茶嗎？」

「當然不會。」麥西米連拿起桌上的報紙，信手翻閱。

藍鳶離開座位，把披風掛在椅背上。他把一段木柴扔到爐子內，爐內的餘火略顯希微，暗橙色的火光若有似無。他拿起風箱，抖落上面的煤灰，抖著抖著又擺了回去。他蹲在爐邊，刻意壓低音量地低語一陣子；終於，火舌竄起。

「真令人懷念呀，好久沒有坐在這裡悠閒地看報紙了。」麥西米連坐在躺床上伸懶腰，似乎很滿意這片窗戶的陽光，「你知道，我家永遠混亂得像是座熱帶叢林。話說，你哪裡找到這件家具的？」

由於陽光灑落，書架上一個反射金澄光線的物體引起麥西米連注意。那是一具玳瑁殼。

「上周，跳蚤市場。」藍鳶觀察麥西米連坐在躺床上的反應，「感覺如何呢？」

他直接把身體攤平，把報紙鋪在臉上：「棒極了，有種放輕鬆的感覺。」

「是不是，有種想要把積鬱在心中的故事，都傾訴出來的感覺呢？」藍鳶眨眼。

「沒錯，正是如此。」麥西米連在半空中臨摹枷鎖的模樣，「好像，以前有些說不清楚的東西，慢慢浮現輪廓。只要好好地把它說出來，我就可以從這個舊的狀態中走出來。但也不是和過去一刀切，這是什麼意思呢……」

「和解。」

「沒錯，就是和解。」麥西米連敲響指節，趕緊坐起來，「等一下，這是什麼魔法嗎？」

「我想，大家都那麼喜歡找我說心事，或許我可以把聆聽加入服務項目。」藍鳶把水壺放在火爐上加熱，「對了，能請你施予恩惠，幫我個忙嗎？」

「什麼事情？」

「我想自食其力，開個人工作室，靠一些簡單的委託案件維生。所以可以請你幫我設計一個招牌嗎？」

「咳咳，」麥西米連抗議，「我是製琴師傅，不是木匠，也不是沿街幫人補鍋碗的。反正對你們通曉魔法的人而言，招牌這種程度的東西，念念咒語不就蹦出來了？」

「但你是藝術家，你手下的作品彷彿有生命力一般，所以，」藍鳶再度對麥西米連擺出招牌笑容，「可以嗎？」

「真沒辦法，就當作是慶祝你重獲魔力的禮物吧。天吶，我耳根子什麼時候軟成如此德行，等等，荷米斯，你已經偷偷對我下咒語了吧？」

「怎麼可能呢？」藍鳶笑跌地板上，「我現在可是極度不中用，你難道沒看見嗎？我剛剛差點連火都點不起來了！」

「好的好的，算我失言。」

麥西米連迅速瀏覽過報紙，開始細讀感興趣的文章。此時藍鳶總算滾完水，帶著一壺新泡的茶水回到座位上，還有兩份蘿蔔蛋糕。

「承蒙招待。」麥西米連指尖愉悅地輕點著叉子，「老實說，一陣子沒見面，你變開朗了。」

「有嗎？一定是因為你帶來了這兩塊蛋糕，一切都是糖霜的魔力，感謝艾蜜莉的手藝。」他把麥西米連的茶杯注滿，「有什麼好玩的新聞嗎？」

「你指的是我剛剛在閱讀的那篇報導嗎？」他闔上報紙，「那只是文藝界關於『抄襲賴瑞』的八卦罷了，但細說從頭，可不是一小格方塊足以解釋清楚，連評論這事件的人物其實都包含在八卦裡，想聽嗎？」

「請說。」

「你一定知道女皇，我們尊崇且英明的領導者，今年還是她的一百歲生日，真是光輝燦耀的一世紀！你應該也知道，就在我們遙遠的本土——好幾年前我曾拜訪過——的海峽的另一端，是另一位大公的領地。接下來這一點你或許就不知道了，她們兩位還是表姊妹。當然，不是所有的家族都相處融洽，比方說這兩位領袖從小就彼此厭惡。再怎麼說，我也是女皇的臣民，以我的立場，我必須說是半島大公忌妒吾皇的榮光比較多。

「大約在你陷入麻煩的這段時間，統治彼岸大陸帝國的皇帝駕崩了，新君年幼，所以幾番宮廷鬥爭後，由前任皇帝的妹妹、新王的姑姑，也就是這位處處與女皇針鋒相對的女大公擔任攝政。事實上，也只有半島人蔚然可觀的海外財富，才有辦法維持那古老帝國的運作。

「果不其然，大公沒多久就以整個帝國的名義指謫女皇包容並放任異端，為了避免異端思想汙染帝國所屬的海外疆域，大公要求女皇把勢力範圍限縮在本島之內。這種荒謬的指責，我們當然不予理會，一笑置之。

「這些只是背景，接下來才是今天八卦的內容。如我所說，今年是女皇的百歲誕辰，自然有系列的慶祝活動，這些活動又包含了幾場僅限達官貴族們參加的莊嚴歌劇，介紹女王驚心動魄的百年掌舵歷史。既然是全新製作，曲目、對白與編舞等自然都要網羅宗師級的創作者與演出者。同時間，攝政的半島大公也宣告，任何參與表演的份子，未來在帝國境內的任何演出都不被允許，也得不到任何帝國臣民的贊助。

「雖然我的個人看法可能有點偏頗，但這些專門塗脂抹粉的文藝人士，向來是哪有好處便往哪裡去；大公的禁令一下，原本答應的創作者與表演者紛紛得了憂鬱症、躁鬱症、倒嗓、失眠、性別認同錯亂、官能失常等等各式各樣病灶，然後以此為藉口推辭演出。最後，籌劃這場百年演出的，擔綱者是一個叫做賴瑞・馮・布魯克的文藝界名士——以共同創作的名義來侵占他人作品而出名。他的諢名又叫『拷貝賴瑞』。接著，在三流製作、四流演出的情況下，女皇重要的紀念演出自然荒腔走板，澈底搞砸。

「本來這種場合，只需要行禮如儀的表演即可，畢竟觀眾也只是視為一種社交活動，沒人會預期有什麼驚世傑作。結果歌劇結束，依然惡評如潮，你就知道這水準恐怖到令人無法忽視的地步。面對排山倒海的嘲諷，拷貝賴瑞也在報紙上打了幾場筆仗，最後寡不敵眾，就收拾家當搬到對岸去了。『一群蠻族，根本不懂藝術，我竟然把珍珠給了豬。』這是賴瑞投誠半島大公時所說的話。大公也樂於招降納叛，還安排了幾個教堂與唱詩班讓賴瑞繼續他的藝術事業。

「這就是近來茶餘飯後的話題之一，大約會是幾個弄臣下台來收尾吧。八卦中的八卦就是：拷貝賴瑞對有夫之婦格外有興趣，火力最猛烈的幾個評論者似乎是苦主。總之，都是些沒營養的消息，聽過就算了。」

麥西米連切下一小塊蛋糕，喘口氣，「其實你根本不想知道這種無聊新聞，只是打算休息一下，所以讓我講故事，對吧？」

「果然瞞不過馬芬，」藍鳶聳肩，「但你把這些事情串連得很好，說得很有意思，我完全不覺得無聊。你剛剛提到的半島與大陸，都在遙遠的歐洲吧。你環遊世界的時候，一定也有拜訪，是嗎？」

「有，因為有這裡製琴師公會的背書，我曾在幾個頗富盛名的作坊實習了一陣子。」

「歐洲，好玩嗎？」藍鳶小心翼翼地用食指把散落的糖霜一一沾起。

「美妙，非常推薦，你得親自體驗。」

聽了麥西米連的讚賞，藍鳶對於訪問學者計畫又提起興趣。雖然今年錯過申請時機，名額最後被第一名的畢業生拿去，或許明年可以再嘗試看看。

「如此美妙，那你……為什麼不會想待在那邊呢？」

麥西米連大笑出聲：「因為我在這裡出生長大呀，那邊又不是我的家。確實也是有人去了就不想回來，這就是個人選擇了。」

「那邊的人，是用什麼神情來看待海外領地出生的人呢？」

麥西米連轉著叉子：「問得好，看待奇珍異獸的表情。我雖然說歐洲美妙，但其實也沒那麼美妙，不然我們家族為什麼要搬到新十字來？剛剛說到女王臣民，其實我只有一半的家族是女王臣民，另外一半，來自一個我也不知道現在歸屬哪個國家與宗教的森林地帶。你能想像，這有多美好。」

藍鳶輕嘆：「世界好複雜。」

「所以我才對政治沒興趣，音樂的美好瞬間更吸引人，不是嗎？」麥西米連大聲拍手，「都怪你，讓我說了那麼多政治，人都變庸俗了！就換你繼續你的故事囉，如何尋回魔法的故事。」

「找回魔法的故事嗎……」

第四章

「一群該死的混球！」藍鷹在門口台階前踉蹌幾下，接著又啐了一聲，「狗眼看人低的混帳東西！」

商行的夥計們看太陽還高懸天頂，老闆已經酒氣薰天，猶如沈船前夕的船艙鼠群，紛紛找出收帳、送貨、檢查倉庫之類的藉口開溜大吉。而唯一狀況外未參與這場逃難的只有藍鳶了。

在那風暴降臨當下，您若在現場，必定以為藍鳶只沉醉於欣賞桌上的盆栽。嚴格說來，那稱不上是個盆栽，只是整叢龍眼籽苗毫無章法地生長在簡單的靛青色陶碗上。他神遊在籽苗墨綠小葉之間，彷彿那是座幽密森林。

但事實上，藍鳶正在觀察植物的肌理。掌握植物的魔法，是他最拿手的項目之一，所以他選擇由操縱植物開始練習起。他已經多次對這盆龍眼籽苗下咒，但毫無效果，這表示他必須重新把咒語跟植物、還有自身作連結。飽滿圓滾滾的種子是元音，根芽突破種皮的瞬間是塞爆音，新葉的光澤既是綠色的字根，也有生機盎然的涵義。藉由無微不至的觀察，他重新把語素與現象聯繫在自己的意識中。

為了往昔的容顏，為了再次造訪錫卡哈。

「喂！有沒有聽到老子在說話？」

藍鷹猛力拍擊桌子，把藍鳶扯回現實，也把青苗初葉上所沾染的最後一點塵土抖落乾淨。

「怎麼了？」他驚惶看著藍鷹，「你不是去洽公辦些許可證之類的，結果順利嗎？」

「順利到我想灌拳頭在辦事員臉上，」藍鷹冷哼幾聲，「說，你的朋友們為什麼都那麼難搞？」

「朋友？我不認識那些機關工作人員。」藍鳶體貼地提議，「不然下次換我去處理吧。」

「不用！」藍鷹放大音量，「現在是怎樣，連你也瞧我不起？念過書就自以為了不起嗎！」

「我沒有這個意……」

「你就是這個意思！」藍鷹一把緊抓藍鳶的領口，粗暴地把他拎到半空，「瞧，不過就是個無能的廢物，憑什麼老擺著副高姿態，就像你老媽一樣。你知道她以前最愛說什麼嗎？『藍家後院裡無用的雜草總是盡情蔓生，芳香芝蘭反而不得灌溉茁壯』，她以為就她最聰明然後我們都是蠢豬嗎？對，我就是那個雜草，現在還要伺候你這株嬌嫩香草。」

「呃……我聽不懂你在說什麼。」藍鳶努力想掙脫，卻徒勞無功。

「你在做什麼？立刻放下他！」

一陣獅子吼從門口傳來，嚇得藍鷹馬上鬆開藍鳶，還連連倒退數步；走進來的嬌小人影竟然是藍鸚，往日交談宛若小貓叫的那位姑娘。

「都幾歲的人了？還像以前一樣欺負人為樂？」穿著一身西湖色的藍鸚此刻不似寧靜的湖水，反倒接近暴雨雲；她逼向藍鷹，他身上的濃厚酒味惹得她掩鼻斂眉：「好大的膽子，竟敢大白天喝成這副德性！家裡要你來新據點主持大局，而你用這種方式來『主持大局』嗎？」

「妳是在大小聲什麼？別這麼嚴肅，拜託。」藍鷹不甘示弱也吼了回去，而她也就一語不發，緊緊盯著藍鷹。兩人對峙半分鐘後，藍鷹舉白旗投降：「我錯了，我錯了。」他邊道歉，邊整理藍鳶散亂的領口，「嘿，小老弟，一切都還順利？」她依然沉默，雙手環抱，冷淡地盯著他瞧；最終，忍受不了的藍鷹倉皇逃離現場，「好好好，我想我還是去沖個冷水讓自己清醒一點。」

等藍鷹已走遠，她才鬆下戰鬥姿態：「你還好嗎？那個大老粗有沒有弄傷你？」

「小事情，」藍鳶聳肩，他向來不太看重自己的狀況，「提早到了嗎？真不好意思，本來應該我去碼頭接妳的。對這座城市有什麼感想？妳以前在信中常常提到想來我這裡看看。」

「好像還好，跟我們那邊的港邊，差不多……差不多……」

「差不多髒亂？」他笑著接出她猶豫不出的單字，「放心吧，世界上所有的碼頭都是一個樣。漂亮的街道還有房子都在市中心，嗯，還有些漂亮的衣服與甜點，如果妳有興趣的話。等妳行李安置好，我帶妳四處晃晃吧。」

這時，搬運工與隨行僕人陸續把貨物和她的隨行物品搬入育清茶社的首善分行，避過風頭的職員們也紛紛回到崗位。

「對了，這是穆家大哥要我轉交給你的。」藍鸚從懷中取出一本褐皮精裝書，儘管書背與書角的皮革因為歲月而略顯磨損，封面上的刺繡還輪廓分明，黑線縫製的牡丹鶴舞，「他們說，也不知道瓊姨當初從哪裡得到這個舶來品，總之，瓊姨一生心血都寫在上面了。可惜穆家現在沒人繼承瓊姨的才能，所以穆家大哥要我把這本筆記轉交給你，希望有所幫助。他還說，你要是早二十年出生就好了，因為瓊姨還在世時，從來沒有海賊敢打過來。唉，不過現在說這些，也不能改變什麼。」

「但是我……」他不知道家鄉關於自己的訊息更新到哪個階段了，最後決定略過這個主題，「請代我轉達感謝之意，真不知道該怎樣報答這份人情。」

藍鳶信手翻閱，很好，果然完全讀不懂。接著兩人陷入短暫的沉默。

「怎麼了嗎？」他察覺她有難言之隱。

「呃……那個……我有個不是很好的消息……」

看見輜重一箱箱到達，藍鸚變得非常侷促。

「還能有什麼更糟的……」他忽然改口，「沒關係，總是要面對。」

「九齡，」她深嘆，對門邊那名叫九齡的年輕女傭使個眼神，她已經佇立有段時間，小心翼翼捧著個盒子，「拿過來吧。」

「小姐沒事的，」九齡找個桌面把盒子小心擺放，「說不定只是我們想太多了，說不定六少爺根本不放心上。」

「你們這樣說，反倒勾起我的好奇，到底是什麼東西呢？快拿出來吧。」藍鳶也毫不在意地催促。

「小九齡，妳等著看，六哥絕對非常在意……」

藍鸚喃喃碎念，彷彿這些話是說給自己聽。她腳步沉重地走向盒子，好像走上絞架般神情慘白。又一個長嘆之後，她終於移開上蓋，面如死灰拖出內容物。首先露出的是幾截枯枝，藍鳶臉上的禮貌性微笑頓時垮掉：「媽媽……」沒等她抬出底下那個毫不起眼的陶瓷花盆，他已經箭步衝出，不可置信抱住那枯死的盆栽。

「這是……」他吃力維持語調不致潰散，「媽媽的……花嗎？」

「對不起，我們沒有照顧好伯母留下的杜鵑花，」她彎腰不停道歉，好似那盆植物是因為她的疏忽而凋亡。

「真的……死掉了嗎？」

他感覺某種稱之為信念或意義的東西，與杜鵑最後一片綠葉共同化作塵土；因為如此，他的世界正在崩毀，所有的色彩正在消逝。

藍鳶緊握胸口的墜子，深吸口氣，把所有硬記下來的咒語吟誦一次又一次，死去的盆栽卻絲毫不為所動。他痛苦的吐出失去連結的音節，沒有意義的話語卻只帶來巨大的荒謬。終於，過往的回憶再也沒有任何寄託，藍鳶伏倒桌面，痛哭出聲。

失去了聯繫森羅萬象的信念，生命成為零碎片段的總集合，再也說不出一個完整的故事；如同沒有棋盤與規則的棋子，十字不再是主教，馬首也不是騎士；或是脫落一地的劇本，前言不對後語；或像失去磁力的水手，任憑繁星閃爍，也找不出任何關於方位的線索。他覺得他所經歷的一切，瞬間成為沒有鑰匙的鎖與沒有答案的謎語，屬於種蒼白且戲謔的存在。

他抱起乾枯的花盆，漫無目的四處遊走；無論是白天黑夜、晴天雷雨天、仲夏冬至，時間已經無法說明什麼。他步履蹣跚，拖過渡口、市場大街、貧民窟、教堂、墳場、河濱綠地，空間也無法代表什麼。來自外界的關懷或笑罵，他一律用空洞的眼神來回應，言語與行為也沒有意義。

他的世界，陷入混沌，不知經過多少日月，直到那天。

直到那天，一顆碩大的榴槤緩慢飛越鬧街上空，遲遲不肯落下，路人紛紛閃避，只有角落一名毫不起眼的流浪漢依然淡漠坐在地上。於是，堅硬的榴槤不偏不倚地敲在街友頭頂；香蕉、番茄、葡萄、紅毛丹與奇異果也緊接砸向他頭上，形成頂粗糙的水果帽；最後是一根胡蘿蔔，直挺挺地接在他鼻子上，看起來就像是個滑稽的髒雪人。

激烈的衝擊終於讓流浪漢對外界產生反應，他睜開迷茫的雙眼，只見一名神采飛揚的女子朝他走來。

「我聽說有個天才魔法師忘記了所有的咒語，淪落成無家可歸的街友。」女子大力皺眉，鄙夷地打量他，「果然如我所料，就是你這個蠢才，荷米斯。」

「放我一馬吧，克萊兒。」他睇了女人一眼，然後苦笑，「如果妳不打算降低妳的格調。」

「但你正在降低我們的格調，破壞我們學院的名譽。」

「真是抱歉，我為我的存在感到萬分抱歉。」他閉上雙眼，不想繼續回應尋釁的克萊兒。

「喂！我說，」眼見對方不理不睬，她更加感到憤怒，「輸家沒有驕傲或逃避的本錢。」

說完，克萊兒一腳把花盆踹得老遠。她的舉動令藍鳶多瞄了她一眼，然後他毫無情緒波動地爬起來，想要撿回花盆，卻又被克萊兒抓住後頸，狼狽地甩回地面。

「你真是蠢的無可救藥了，身為銀史密斯學院的學生，竟然連一株植物也救不活，我真是不敢相信。」克萊兒惡狠狠擋在他和花盆之間，「復活植物的咒語，當然是以花神之名開頭，召喚花神芙蘿拉，這不是基礎到不行的常識？難道你連芙蘿拉的名字都忘了嗎？」

「芙……蘿拉？」這組字彙彷彿一粒石子丟入湖心，在他停止運作的腦海中擺盪起一陣漣漪。

那是個滿盈愛慕與思念的名字，充滿激情的呼喚。

「對，芙蘿拉。」克萊兒不耐煩地重複一次，「終於想起來了？」

「芙蘿拉，芙蘿拉……」

他朝著盆栽的方位舉起雙手，但腳邊的空氣依舊遲滯不動。隨著枯枝風化脆裂，那株杜鵑只餘下一指節長的殘莖和土裡的死根。

「你還有十秒的時間，在我走過去把它踩成粉末之前。」

語畢，她拋下藍鳶，就往盆栽走去。

關鍵一秒，藍鳶想起了關於芙蘿拉的吉光片羽：他曾為威廉代筆的那封情書：

「吾愛芙羅拉，芙羅拉，失去妳的日子，總是超過我所能想像的難熬。晴天或雨天，滿月與弦月，齋期與狂歡節，我的雙眼總浮著層灰色的泡沫，清除不去。而那些往昔，昨日星辰，卻比每一個今天與明天都還真實。如果可以，我願活在過去而不走出有妳的花園。一切都在更糟，曾以為現世乃正午的赤豔惡陽，現在才了解，原來處境是永夜的無盡冰原，永夜……」

「等等，這是哪門子的……」克萊兒話還沒說完，更令她訝異的變化就發生在眼前。

只見殘梗首先萌發一小段草青色的嫩芽，接著顫巍巍地吐出幾片毛茸茸的青翠幼葉，然後植株再度陷入停滯。乍然一聲脆裂聲，花盆由內向外崩碎，然後小苗迅速抽高、抽高再抽高，直到高於街上所有的樓房；到達所有人都必須抬頭仰望的高度之後，植株持續開枝散葉，最後必須由兩個成年男子才能環抱。讚嘆聲中，魔法持續作用，無數的花苞迅速從芽點抽出，綻放整樹的湛藍色杜鵑花，宛若掛上了千百顆藍寶石在樹上閃耀。

「啊哈，我就知道。」麥西米連興奮得拍桌，「那顆突然冒出來的杜鵑樹，果然是你的傑作。」

「這麼說來，確實是我回歸的一個訊號。」藍鳶拿抹布擦拭濺出的茶水，邊留下註解：「古老的咒語常常與座標失聯，新文字的激情偶爾會成為新的起點。」

「太精彩了，太精彩了，我喜歡你的冒險故事。說得太好了，一個故事結束，總有下一個的故事。」麥西米連讚美連連，「你一定要親口告訴艾蜜莉你的旅程，你也知道她最多愁善感，保證會用掉好幾條手帕。」
「當然，我打算明天就去找艾蜜莉，順便看看她的狀態。」
「出發前敲敲我的門，說不定我有空跟你一起去。」
「一定會。」
麥西米連忍不住好奇，走向書架上的玳瑁殼。藍鳶給了他個請便的手勢，於是麥西米連把玳瑁殼拿下來把玩。玳瑁殼半透明琥珀般的質地令他著迷不已。
「好漂亮的龜殼，旅途的紀念品？」
「我也記不清楚了，它莫名其妙就出現在我行李箱裡面。」
「真的好漂亮。」麥西米連用各種角度欣賞玳瑁殼，「不管是作成撥子、鈕扣、扇骨、珠寶、手杖把手或餐具把柄，都漂亮。不，應該作成琴橋、弦軸、琴鍵或指板……」
說著說著，他忽然畢恭畢敬把玳瑁殼放回書架上。
「怎麼了？」
「感覺這個龜殼裡面曾經住過高貴的存在，我不敢繼續褻瀆了。」他用手帕擦乾淨自己留下的指紋。
「真巧，我也這樣感覺。」他知道麥西米連有異於常人的直覺，「那個高貴的存在，現在去了哪裡了呢？」
「永恆之地阿瓦隆？」麥西米連聳肩，「咦，你架上也有這本《圖書館驚魂記》？話說那個克萊兒，就是你成績優異的同學克萊兒，對吧？是不是她把男朋友的經歷，寫成小說到處流傳，那個叫肯還是卡爾的。」

「肯畢業後，拿了獎學金的名額去皇家魔法師協會深造。他似乎從一場驚險的襲擊中存活下來。但我不認為這個故事是肯或克萊兒本人寫下的，描寫的角度，太不英雄了。」

「有道理，所以你也看過《圖書館驚魂記》了。」麥西米連把書抽出，快速翻閱，「嗯？你這本有特別註記。」

「因為這本，是魔法師之間流通的版本唷。」他笑著解釋，「不只是故事，也提示了相關的咒語與應對方法。所以我才說，這故事應該是其他魔法師寫的，藉此警示同行。」

聽見藍鳶的警告，麥西米連趕緊把書插回書架上，他不想再跟任何魔法物品扯上關係。藍鳶透過窗戶注意到有人在麥西米連店門口徘徊：「馬芬，你好像有客人上門。」

「唉呀，真不會挑時間。」他頗不甘願地走向門口。

「對了，那關於招牌的事情……」

「我就勉為其難地幫你設計一個吧。」他故作無奈狀攤手。

「潘先生果然心地善良。」藍鳶也起身相送，接著注意到麥西米連一進門時就順手擱在櫃子上的鐵盒，「咦，所以這到底是什麼東西？」

「啊，我竟然忘了。」他拍打臉頰，「你們這些人把我當雜工的證明之一：你之前委託我修理的音樂盒。我處理好了，你自己有空檢查看看吧。」

「太好了，沒有言語能表達我的感激。」

「放心，我會連同招牌的帳單一起拿給你。」樓梯口前，麥西米連又給藍鳶來個擁抱告別，「小傢伙，看到你真好。你知道整座城市裡沒幾個人我聊得來。」

麥西米連離去後，房間暫時恢復安靜。

「不沉之玳瑁……」

藍鳶也邊凝視著玳瑁殼，思索了一會兒，然後坐回靠窗的椅子，雙手撫摸著琴師留下的鐵盒。那是個別緻的餅乾盒，焦糖色的底色印上橙色與桃紅色的花朵，光是外盒都顯得可口誘人，邊角的鐵鏽大概是女主人放棄繼續拿它來盛裝食品的原因。

他輕輕在耳邊搖晃鐵盒，藉由細微的「叩叩」敲響聲確認了他的音樂盒就在裡面。

音樂盒，令人愉悅又讚嘆的工藝。匠師不需要一紙文憑來證明自身技藝，只需要製作出一只美輪美奐音樂盒就足以令人信服。藍鳶隔著鐵盒想像內中的音樂盒，一邊思索他是否能創造出某種東西，讓人一眼就知道他是個不能小覷的魔法師。如果可以，再次造訪錫卡哈時，他想帶著這樣一個令人讚嘆的創造物出現在蘇曼迦面前。他許久沒有聽見這音樂盒的旋律了，說不定那熟悉的簡單歌曲，可以啟發他的靈感。

藍鳶又注視了鐵盒一段時間，稍稍延長了一點這充滿期待的愉悅時刻。噢，茶壺已經見底，他考慮是不是要在有茶水相陪的情況下，拉緊發條。

忽然一陣急亂的腳步匆忙上樓，藍鳶放下盒子，走到門口一探究竟。

「威廉。」他對於威廉的出現感到意外，「這麼說來，船隊回港的時間提早了。」

「或許，可以先讓我進門嗎？」

他未等主人應允，逕自進入客廳，隨便挑個位置坐下。接著雙手緊抱胸口，神情凝重，不發一語。

「發生什麼事情了？」

威廉沒回應，過了陣子，才聽他喃喃著「真是可恥」。

「可恥？」藍鳶接著他的話問。

「嗯哼，有什麼好可恥的。」結果被他冷冷地頂回。

「沒事，那……我先去泡個茶好了。」

藍鳶逃到爐邊，並且希望在水滾之前，威廉已經結束他的悶氣，儘管藍鳶對於原因毫無頭緒。

終於在茶杯被注滿時，威廉主動開啟話題。

「你知道我爸，對吧？」

「當然，我們所景仰的總督先生。」

「其實，我們的關係並沒有很好。」

「噢，那真是令人遺憾。」藍鳶覺得訝異，因為自己向來很少談論與家人的相處問題；至於德雷克家族成員彼此不合，這早已是公開的祕密。

「從我青春期與他第一次大打出手開始，我們就摸索出一種折衷方案，那就是所有會引發強烈爭執的話題，我們都寫成紙條放在早餐桌上。你得承認這是個聰明的策略，畢竟諸如『直到我嚥下最後一口氣的那天再說吧』的句子，用讀的總是比較沒有衝擊力。」

「確實如此。」

他還是不知道威廉為什麼跑來跟他說這些事情。不過如果大家都這麼喜歡對他訴說內心事，或許他該增辦心理諮商的服務。

「好吧，我知道你心中在抱怨我幹嘛一直拐彎抹角，這就開門見山。」威廉喝幾口茶，把僅存的猶豫吞下喉，「我剛剛在家裡餐桌上看到一份機密文件，那東西當然不會自己跑到餐廳，是我老爹故意放的。內容大意是，鑑於你，魔法師荷米斯的優異表現，皇家魔法協會將竭誠邀請你到遙遠的學術殿堂本部進行學術交流，可惜因為半途遭遇暴風，船隻沉沒，我們將永遠失去這位傑出的朋友。劇本已經寫好了。」

「咦，我不太懂，這是什麼意思？而且，颱風季也結束了。」

「就算沒有颱風，你也會因為從床上摔落、被洗澡水燙傷、釣魚不慎落海、墜馬、吸食胡椒粉過量所導致過敏、鼻子抽筋、被領帶勒住脖子和種種不可抗因素而意外死亡。」威廉把手抹在額上，「中央派人來暗殺你了。」

藍鳶先是愣了幾下，然後大笑出聲。

「威廉，你在說笑話嗎？今天可不是愚人節，但我不得不承認，你的演技進步真多，我差點就要相信你了。」

「你認為我會開這種玩笑嗎？」他斬釘截鐵地說著，「我向上帝發誓，剛剛我所說的一字一句，全都是事實。你要被暗殺了，然後刻意營造成意外的假象。」

「為什麼？」他不可置信地看著威廉，「大費周章地從遠方派來菁英，就為了抹除我一個小人物？」

「你什麼時候產生了你只是個小人物的幻覺？你是能消滅整個艦隊的魔法師，只有白癡會把你當成雜役使來喚去。你曾經失去魔力，那反而救了你的命。但該死地你又恢復了，所以上面的人無法再忍受這個變數。」

「因為這個原因，就要對我下手？我從來不知道這個國家可以如此草率地『抹除』一個公民的存在。」他越說越激動。

「這就是關鍵了，公民。」威廉直盯著藍鳶，「這位公民，請問你效忠的對象跟我們相同嗎？我不是說你是叛徒，只是單純地問，你效忠於誰呢？順便補充一下，在這種語境，聲稱自己是世界公民的人，很大的機會會被歸類成間諜。除非你是神職人員，效忠上帝也不是好答案。」

他一時無語，因為他根本沒思索過這個問題。

「如果連你都無法肯定地說出：天佑女皇，上面的人怎麼不懷疑你？認識你的人當然知道，世界上很難找到比你更忠誠的朋友了。但他們不認識你，這就是個嚴重的問題了。」

「但是……我從沒做過違法的事情啊！憑什麼說除掉就除掉？」

「就因為你的紀錄無懈可擊，才要動用暗殺這種手段啊，我的朋友。」

「老實說，我不是很喜歡這個捉弄，雖然你們每個人都喜歡拿我開玩笑……」

「是我的錯，當初不該把那個墜子給你。我非常後悔。」威廉緊握椅子把手，「同樣蘊含強大魔法的銀鍊子還有三條，接連現世。在西方，各方勢力為了鍊子去向，檯面下的暗鬥已經死了不少人。」

該是濕熱難耐的天氣，吹進一陣使人毛骨悚然的風。藍鳶走向窗邊打算關上百葉窗，卻感覺自己的身形正被窺探。趴在屋頂的虎斑貓，不停穿梭防火巷的燕子與麻雀、甩著舌頭走過的流浪狗、停在牆壁上的壁虎與盆栽上的螳螂，所有的目光都聚集在他身上，夾帶令人呼吸困難的惡意。

一瞬間，他明白威廉的警告是真的。有人來了，他們來了。儘管目前只是哨兵來追蹤目標，但藍鳶心中清楚即將到來的風暴不是自己能面對，至少不是現在的他。難道，這令他絕望得要放棄呼吸的情緒也是對方的詛咒嗎？他覺得自己像窗邊的螺絲釘，隨時要摔落地面。他顫抖著拍掌，室內所有的窗簾驚惶拉上；接著他跌坐椅子上，像座石橋傾頹。

「又是這樣的情境了。」藍鳶雙手摀臉，喃喃自語，「如果我的存在，始終無法使人歡愉，那就讓他們把我從世界上抹去吧。反正時時刻刻有人缺席，哪有人會因為我的轉身而取消宴會呢？」

空氣靜止了一會兒，是威廉起身，雙手重重壓在藍鳶肩頭上。

「拜託，振作。這次算我求你了……不要放棄。」

他放下手掌的黑暗，眼前的威廉雙眼猶如冬夜裡燃燒的一團烈火。

他皺眉，深吸一口氣，紅著眼睛瞪回威廉。

「太過分了，真是太過分了！這是何其過分的要求。你讓我燃起希望，然後再讓我走進另一個漆黑的迷宮。世界上還有比這更不負責任的要求嗎？我何其不幸，交上了如此不負責任的朋友。」

看見藍鳶開始耍嘴皮，威廉滿意地笑出聲：「對，我就是這麼蠻橫無理。作為回報，我將會回答你一個蠻橫無理的要求，下一次。」

藍鳶搖頭，他先順著鍊子摸著胸前的水晶墜子，接著握緊手把後緩緩站起，「說得簡單，還不是要我一個人逃跑？」

「如果你選擇留下，我會保護你，只要我還在新十字。你在這裡還有很多朋友，我相信他們都會願意為你挺身而出。」他摸著腰間的劍柄。

藍鳶腦海中浮現可以稱為朋友的面孔，似乎不是太多。接著浮現他們因洗澡而溺水、煮飯時燙傷感染、編織緞帶不慎勒住脖子、途經河岸時失足滑落等荒誕畫面。

「我需要慎重考慮。如果這是個搶奪帽子上的彩球之類的節慶活動，說不定我會邀請大家來刺激一下。」他取出行李箱，迅速把所有預想會需要的東西收納進去：日記、筆記本、空白筆記本、再幾個筆記本、幾罐魔法粉末、常見藥草旅行包、輕便煉金實驗室、一把玻璃珠、再一把鵝毛、乾燥曼陀羅花、風茄切片、備用琴弦一組……「看來沒時間一一告別，如果有人問起我——」

「我就說：你出國深造了。」

「旅遊。我比較喜歡旅遊。」他從抽屜中拿出一個迷你稻草人，然後把稻草人的偶頭湊到唇邊低語。接著稻草人倏然膨脹成另一個藍鳶站立窗邊。他若有所思摸著書架上的珊瑚鳳梨盆栽，迅速折下一段葉片：「可以請你轉告馬芬，再次接手我可憐的植物們嗎？」

「其實我們家的老管家葛列歌先生對於照看植物也不算外行。」

「我相信他是位值得信任的好人。唉，但請原諒我的任性，我希望這些屬於我的東西盡可能地待在原位，莫像他們主人，失了船錨似的四處流浪。」藍鳶又環顧了房間一眼，最後把方才琴師留下的鐵盒收入懷中：「好了，俏皮話到此為止，如果你未來還想聽我碎嘴。最後的請求，等等你離開時，可以盡可能假裝不經意地把這片葉子丟到河裡嗎？」

「這個葉子嗎？」威廉伸手想要拿葉子，但被藍鳶迴避掉。

「如果可以，儘量別讓蝸牛沾到水。我想，旅程一開始就感冒不會是個好兆頭。」

「什麼蝸牛？算了，我等會就知道了，是吧？」

「老狗還能耍新把戲。」他由慌亂收拾的狀態進入蓄勢待發的模樣，像根擺在牆邊的鐵釘，隨時準備墜落，「那麼，是時候告別了。」

他看見藍鳶拎著行李箱的手臂依然顫抖，硬撐的表情隨時要蠟融，於是伸開雙臂，給了他一個離別的擁抱：「別害怕，也別出聲，你可以的。」

遠方的積雨雲突然降下一道青雷，大雨就要襲來。威廉撿起地上的鳳梨葉，若無其事地離開二樓的房間。他覺得雨下的時機剛剛好；最起碼一片灰濛中，不會有人注意從他口袋掉出的一片葉子，以及黏附在上的一個灰白色蝸牛殼。

第五章

《圖書館驚魂記》

他討厭這裡的鬼天氣。

室外的空氣永遠過冷，讓他老有種面部結霜的錯覺。可惜長期鼻竇炎就不是幻覺；託鼻腔壅塞之福，他的腔調越來越道地，現在已經沒有什麼人能利用口音判斷他來自海外領土。

壁爐溫暖的火焰使人舒服些，大鍵琴不停自動彈奏史卡拉第奏鳴曲，花俏而略嫌尖銳的樂音使人聯想南方的溫暖。但他不能繼續舒服窩在沙發上，等木柴的熱能驅逐路上沾染的那些該死的雨水寒氣，他就得開始辦正事了。

閃耀不定的火光除了蒸散小羊皮手套上的小水珠，也替書背鍍上層金膜。這裡是皇家魔法協會總部的附設圖書館，儘管不是最古老，館藏卻是最豐富：從卷軸到精裝書、莎草紙到牛皮紙、紙板硬殼到皮革封面、拉丁文到當代日耳曼諸語系……一應俱全，卷帙浩繁，擺著腐朽了也沒人知道。建築結構採哥德式，大廳讓人脖子痠痛地高聳，各式纖細的飛樑穿梭，彷彿某種長複瓣花朵在盛開瞬間被石化固定。

於是，這裡的書櫥也理所當然地與天競高。這是最基礎不過的防護措施了，越珍貴的藏書就在越上層——非常遺憾，本局不提供樓梯服務。當然，針對那些略通掃帚或魔毯之流，皇家總圖另有應對之道：下詛咒。每本書都被下了保護咒語，還三不五時更新，只有被准許閱覽的訪客與成員能安然開卷；未經授權，擅自取閱者，須自負彈飛、失明、只能說火雞語或是變成一隻蠑螈等後果。

再也沒有比憑藉天賦想破解祕咒更不知死活的愚行了。過去曾有個天才，意圖解碼並將珍貴文獻散布於世，最後被逼得躲在某書櫃第二十六層，用襪子勒死自己來替故事結尾。皇家魔法刺客團畢竟不是慈善事業。

啊，多想無益。身體已暖和，他稍微舒展筋骨，接著踏上長杖，飛到頂層找尋可能派上用場的典籍。

《巫術禁錄：僵化、骨化與石化》，只是個年度競賽，下手應該不至於如此狠毒；《東西方古今愛情靈藥考——附千種配方與原料圖鑑》，雖然不是眼前要務，但他總覺得不知情中吞了不少，先取下之後再細讀吧；《存在論：中和與反彈術法最高階》，就是這本書了。

他忽然感到背脊一陣惡寒，於是本能性地遁入書櫃空白處。在這些名副其實的書牆裡，高度剛好可以站人的幾格閒置空間穿插其中，用來張貼分類目錄表。他望了望最近的玫瑰花窗，玻璃緊閉無損，不知這股寒風從何處吹入。

窗外持續傾盆大雨，晴朗時青翠的草地因濕潤而失色，看起來似死水池塘的苔蘚醜陋。不遠處的運河水勢湍急，黃濁濁一片什麼也看不清楚，連偷渡客都不願搶這機會渡岸。

罷了，繼續搜羅資料吧。

「喔喔，看看這位好學不倦的大學者會是誰呢？」

維克多不知道從書架哪個角落信步走來。相同鎳銀髮色，從未離開高緯度地帶的維克多看起來更偏向白堊。

「原來是肯。」維克多刻意拉抬音調，「若是學業上遭遇困難，請千萬別吝嗇開口，吾人必竭誠相助。」

肯不記得他們之間有這麼熟稔。畢竟第一個公開拿口音來調侃他，與第一個私下提醒其他人「注意並提防熱帶病」都是眼前的傢伙。還有什麼其他的形容呢？大概是不入流的落魄家族之類的。或許，他最大的失誤，就是沒有在最開始的自我介紹，假裝自己是出生在艾薩克郡的克里斯多福之類的多音節名字。

「噢，感念您的慷慨，找個閒暇讀物而已。」肯聳肩，「順道一提，我的名字是卡爾。」

「我能理解。」維克多嘆口氣，但並未看著他，「我們都理解交換學生的難為之處，請別給自己過大的壓力。」他放慢速度來顯得誠懇，彷彿與老友促膝長談，但雙眼焦點依然不在肯身上，「我這麼說，你能明白嗎，肯？」

「完全。」

「那就好。」維克多露出日行一善的滿意微笑，但他笑時嘴會歪邊去，「外面的人老批評我們瞧不起別人，如你所知，這不是事實。」

「如閣下所言，不是。」

言詞爭鋒向來非他興趣，他比較傾向用行動來讓人難堪。

「所以，真的沒遇上什麼難題？」

「我看起來，很需要他人幫助嗎？」肯顯出受冒犯的表情。

「絕無此意。」維克多身體朝前方稍微動了動，彷彿是個道歉，「肯。」

「卡爾。」

「但你在書信裡面，不都是署名『愛你的肯』嗎？」

「就我理解，偷聽偷看別人的信件，不是很得體的行為。」

維克多攤手：「我只是在洗手間恰巧聽到，不是故意的。」

「感謝提醒，下次我會在進去洗手間前，確定裡面沒有老鼠。」

「這樣，我們算是，互相理解了嗎？」

肯依然聳肩。哦，大鍵琴的無人表演來到了B小調奏鳴曲。

「事實上，是在下要請求一個恩惠。」

肯「嗯」了聲，表示他在聽。

「我忽然想起有些急事，你呢？」

「沒有。」他抬手，示意這位同學隨時可以離去。

「但我的長杖不知道收到哪裡了；雖然沒有它也有辦法從這裡，也就是書架頂層離開，但我怕會遲到。所以能向你商借嗎？如果是肯的話，我相信沒有長杖也能優雅地下樓。」

他還在思考該如何不失體面地拒絕，維克多低喃幾聲，轉眼長杖已經在他手上。

「感謝肯的大發慈悲，鄉下人果然老實又忠厚！」

維克多立刻朝下跳躍，轉身瞬間終於再也憋不住笑聲。

肯啐了一聲，這厚顏的東西早打定主意要算計他，想看他大聲呼救的狼狽模樣。他憤恨地抽出本《催眠術之最高指令》。就讓維克多在年度競賽上，當著所有人面前大聲嚷嚷承認自己有公立學校的癖好吧。

正當肯全心全意地咒罵維克多時，耳邊響起一陣宛如殺豬般的尖銳叫聲，由接近出口大廳的側廊傳來。肯必須承認，在那瞬間他腦中的念頭是：太好了，有人替他出手教訓這礙眼的高材生，省了番功夫。但好戲顯然才拉開序幕，情勢快速轉向更糟的方向。

走調的大鍵琴發出急促刺耳的短高音，其餘掛在牆上或轉角當擺飾的各種樂器，諸如曼陀鈴、法國號、小喇叭、雙簧管等等陸續放聲驚叫，素日靜謐莊嚴的圖書館此刻融合了屠宰場、馬戲團與跳蚤市場三者的喧囂與恐慌。糊成一團的警鈴聲中，卻有另一種跫音格外清晰，好似那聲音不用透過耳膜與眾多聽骨，光憑藉分子震動就能穿透意識。那是金屬製高跟鞋根敲擊花崗石地板的脆響，冰冷冷的，感覺像肌膚貼在嚴冬夜裡的戶外石像。

另一方面，大批駐守人員也迅速集合。青袍守衛在地面層層列隊布陣，充填在書櫃間的空間（很多雙顫抖的腿）；高階的紫袍法師群則浮在空中，文風不動（大披風遮住他們的緊張）；另外有些更高位的術士穿梭調度，他們不受制服左右，但現在卻大氣也不敢喘一個。至於前幾分鐘還是普通讀者的肯，他很清楚在這場景，最好的策略就是繼續保持僵硬、躲進書櫃深處，別探頭探腦以保安全。

天曉得遇到什麼鬼情況了。但他很肯定，從這些人瞬間到位、完全沒有絲毫往常官僚氣的反應，這緊急狀況完全在預料之中。他們是有準備的。看來，他得把圖書館列入危險場所的清單中了；如果他能從這場風暴安全脫身的話。

儘管訪客步伐從容，高跟鞋響聲依然越來越接近。戰地指揮官下達口令，成員們開始詠唱咒語，有基本款單人朗誦、三至五人小組協同施咒，也有十人以上的術法大陣，活脫就是個魔法展覽會。由每個人喉頭髮出的沉吟交織成片文字之高密度池塘，廳堂滿溢著奧妙的能量，五顏六色彷彿星系誕生的瑰麗變景。「叩、叩、叩」，高跟鞋響聲越來越接近。

老實說，戰役究竟從哪個瞬間開展，肯並不清楚，畢竟他極盡所能窩藏起來，而且非常不巧地，觀眾席竟然背對舞台。一開始，是空氣中的音符凝結如雨滴般掉落，肯無法置信而眨眨雙眼；確實不是雨滴，固化的音符稜角分明，像散亂的紐姆譜，沙塵般灑落。

緊接著，不僅虛幻的魔法光芒，眼前物質世界的色彩也迅速受到侵蝕，那銅色的玫瑰花窗架、糖果紙般的色玻璃、褐色與咖啡色階的書皮封套、以金絲繡出徽章的樞機紅布幔等等，原本即顯得莊重的色調進一步被抽走彩度，彷彿多層次空間感的油畫場景被巧妙置換成大理石雕刻。

場景替代完成，該輪到人物了。飛在半空的紫袍法師們瞬間化作一座座石雕，失重摔落，粉碎一地。肯再也克制不了蠢動的好奇心，以眼角餘光俯視掃描，卻見地面的守衛們現在都變成自身的等比例墓前雕像。真是迅雷不及掩耳的寧靜大屠殺，唯一能在戰場上悠閒遊走的身影是……孔雀羽翎！

沒把入侵者看得仔細，他火速仰頭避開目光。孔雀羽翎，孔雀羽翎！真是三生有幸了，肯自嘲。竟然給他親眼目睹了傳說中的女巫「石處女」，別號「百眼梅杜莎」，這下別想看見明天的太陽，或淋到明天的冷雨了。

鐵處女是種折磨活人的刑具，而石處女則是種有生命的刑具；根據傳聞，她忌恨一切的生靈。

別說直視魔女的雙瞳了，只要一朵孔雀羽翎末端的墨綠色大眼的惡意，就足把一個小村莊的生靈石化。石化咒像神經毒素在肯體內拓展，他查覺四肢僵硬、肌肉無法使喚、血流遲緩、思考逐漸停止，連眨眼或動動鼻子耳朵都無比艱難，而表皮彷彿變成一層蛋殼，緩慢包覆住身體，世界即將陷入沉眠。

不行，絕不能睡著；這與深山迷途且失溫的登山者是相同的道理，意識是長夜中最後一盞燭火與防線。快想點東西，但不能只想著快想想，否則又要陷入僵化的陷阱中。由於眼窩的肌肉群已經失靈，肯只能巴巴定焦在面前的柱頭上。那就想想建築風格吧，稱得上正統古典的只有多利克式、愛奧尼亞式與柯林斯式，其餘都是曇花一現罷了。如果變成石雕，千萬不要形式主義風格才好，哪有人的頸子長得那麼怪。唔……果然還是要變石像了嗎……

正當肯準備迎接他再不可逆的最後一擊，局勢驟變。先是色彩再度降臨，以彩汁從水桶頂端滴落的擴散之姿；然後耳膜恢復彈性，更加奧祕的咒語朗誦聲充塞廳堂，拮抗魔女的瘋狂黑魔法。肯辨識出其中幾個聲音的主人，都是最頂層的院士級人物。

嘖嘖，年輕人到前線做砲灰，老人在幕後操弄，事情總是這樣。

另一方面，受到壓制的入侵者也無法繼續保持雍容，鞋跟點落轉快，急速穿梭在書架之間，彷彿她在找尋某個物品。

戛然一響，「叩叩叩」消逝。

但女巫尚未離開，呼吸的空氣還有石灰粉的味道，氣氛依然緊繃。

倏然，在肯前方不遠的毛茛葉柱頂浮雕浮出一頂瓷製面具，飾以銀紋與小金葉。

他嚥了嚥口水，這還能有什麼好事？果不其然，百眼梅杜莎接著就在眼前翩然化出，彷彿巨蝶破蛹。

事實上，她的姿態比地表上所有絢爛的蛾蝶更為華麗。足以買下整座城堡的閃耀頭飾、織工繁複蕾絲層層堆疊的梅迪奇領如百合綻放、以珍珠串束口的羊腿袖、一眼看不透有幾層的襯裙，還有最惡名昭彰、用孔雀羽翎編成的披風，梅杜莎額外多出的百朵瞳孔眨呀眨的，揚起時又比任何一隻開屏孔雀還震懾人心。老天，她簡直把所有奪走的色彩都用在自身上了——濃縮過的嘉年華會。

「原來，這還躲了條漏網之魚。」她的聲音如櫻桃甜美。

「唔……」但他的聲帶還沒解凍。

百眼梅杜莎拿出肯失落的長杖，抵住他突起的喉結。致命壓力反而令他有股微妙的興奮，溫燙的。

「看在我們品味相近的分上……饒你一命。」她敲響指結，他的外衣登時粉化，露出裡頭緹花材質的緊身馬甲。他的祕密，現在完全裸露在魔女之前，「變裝癖其實無傷大雅，不是嗎？」

女巫發出幾聲似笑的氣音，把長杖變成一只珍珠髮夾，夾在肯的瀏海上，接著又從自己身上取下一段蕾絲髮帶，綁在肯的頸子上。

「你是不是在想，我等等會變出一件裙子幫你穿上呢？」

他脖子的關節依然僵硬，無法點頭，也無法搖頭。

「不玩了，小淑女。幫我傳話，說『在下次蒞臨前，我要的東西就暫時由你們繼續保管囉』，明白嗎？」他溫馴地點頭，令魔女心滿意足，「真乖。」

語畢，一陣煙花奪目，然後消失。

第六章

藍鸚把標示為《圖書館驚魂記》與《離散之星》的兩本書冊放回書架上，然後抽出《海灣的賽蓮》以及《婚禮的意外訪客》。她瞄了一眼抄在自己筆記本裡的生字，考慮今晚要不要就到此為止。

大門忽然敲響，讓藍鸚幾乎從座椅上跳起。她從沒預料這裡會有她的訪客。如果有，那必定就是藍鳶的訪客了。她打量燭光明亮的室內，沒辦法裝成沒人。於是藍鸚拿起梳子與髮簪，走到鏡子前重新把頭髮盤起；雖然她確實在準備應門，但她更期望門外的訪客能不耐煩地離開。

扣環又響了幾下。沒辦法了，她穿上柳色披肩好遮住自己臂膀。希望是走錯樓層的訪客。

她沒有使用門上的窺視孔。從第一天住進這房間，藍鸚就注意到偷窺孔的透鏡竟然是深褐色，完全看不到任何東西。她無法理解究竟藍鳶為什麼要選用深色玻璃，或許有其他用意。魔法師的房間總是充滿古怪，但男子宿舍的髒亂更令人無法忍受，特別是九齡水土不服，先行返家之後。

「晚安，抱歉讓您久候了。」

她透過半開的門，想要謹慎觀察訪客。但狹長的燭光只能在昏暗的樓梯間照亮客人的肩膀：駝色與咖啡色格紋的對襟上衣。

「咦，妳不是荷米斯？」

「噢，你是說我堂哥嗎？他似乎出門了。」

藍鸚覺得繼續這樣隔著門縫對話，有點失禮，索性把門打開；反正對方也知道這是魔法師的居所，應該不敢亂來。訪客的臉有點熟悉，是那天隨手把帽子留給她的軍官先生，但他今天身穿常服。

藍鸚放下戒心，但依然緊張。藍鳶的朋友，就跟藍鳶一樣，對她而言皆屬神祕的存在。

「所以妳是……」發現應門的是女士，威廉退後一步，「我想起來了，妳是他的堂妹，萊……」

「藍鸚。」她禮貌點頭。

「抱歉，打擾妳的休息時間。我只是經過這裡的時候，看到燈光亮著，以為荷米斯在家。」

「沒關係。堂哥已經出門一段時間，商行的宿舍又全都是男生，所以我就暫時借住了這裡。」

「妳說他出門了？他有說什麼原因、去哪裡、什麼時候回來之類的嗎？或者其他的消息？」威廉繼續探問。

她搖頭：「不清楚呢，他忽然就不告而別，我們都很擔心。」

「是這樣嗎？真是糟糕的人。」威廉也皺眉搖頭，「我下次勸勸他，要多考慮家人一點。好的，我想最好不要再打擾妳休息了。」

見威廉轉身就要離開，藍鸚又感到一陣驚慌；這是難得可以多了解一點藍鳶的機會。於是她深吸口氣，踏出門外：「那個……不好意思……」

「怎麼了？」他停下腳步。

「是這樣子的。我想練習閱讀能力，所以一直都有在看些小說。堂哥書架上雖然很多書，但混了好多語言。可以請您幫我辨認一下嗎？」

「小說嗎？」小說引起了威廉的興趣。他知道那書架上的東西大多不是小說，難道那些書可以改變自己的型態，然後在藍鸚眼裡呈現出小說的樣子。「小事一樁，非常樂意。妳要把書拿來給我看嗎？」

「或者，請您直接走到書架前呢？我猜，堂哥應該不會介意。」

「不，他不會。」威廉微笑。對於這個房間，他很久沒這麼正式提出拜訪請求了，「打擾了。」

「是我麻煩您了。」

威廉踱步到藍鳶的書櫥前，他注意到架上多了本新書，但書冊是用方塊字書寫，他無法理解。看見威廉在翻閱《離散之星》，藍鸚趕緊解釋：

「這是本羅曼史，故事發生在聖地亞哥，似乎是在一個稱為『半島』的地方。不過我不太清楚，半島到底是指哪裡？」

「伊比利半島，我們的死對頭。」威廉沒好氣地解釋，「半島大公的軍隊正在世界各地找我們麻煩。新十字的防守森嚴，固若金湯，他們應該不敢輕舉妄動。反而你們那邊要多注意些，我只怕砲台的水泥還沒凝固。我怎麼不知道你堂哥對半島人這麼感興趣，還動手翻譯了他們的愛情小說。」察覺自己談了太多政治，威廉趕緊打住，把《離散之星》重重合起，放回架上，「所以妳已經看過這本書，那它當然是中文了。」

「請問，伊比利半島又在哪裡呢？」

「妳知道歐洲大概的輪廓嗎？伊比利半島在歐洲的西南方，非常接近北非。也可以說是非洲的延伸。歷史上，大部分的時間那邊都是被異教徒控制。彷彿為了洗刷這段歷史，半島人現在表現得無比虔誠。」威廉一邊說明，一邊在書架上找尋地球儀。但藍鳶的書架上沒有地球儀，只有天體儀。這非常符合魔法師的風格。威廉轉動天體儀，思索那本《離散之星》說不定只是某個咒文的掩飾：「妳每周末都上教堂嗎？」

她抿嘴搖頭：「我們家不缺米糖。」

「那就糟糕了，妳不是虔誠的天主教徒。我印象中，南隆灣有許多異教廟宇。當半島人開始統治一個地方，他們就會把異教廟宇與僧侶送進火堆裡。相對之下，我們非常尊重地方傳統，不是嗎？」

「真是太可怕了。」她掩嘴驚呼，「我好像有聽過，馬尼拉那邊很多神像都被破壞了。沒想到半島人這麼壞。」

「他們還是有優點。起碼，他們的火腿很美味。」威廉把天體儀放回書架上，「可惜，這裡沒有地球儀，不然我就可以直接指出伊比利半島給妳看。」

「地球儀嗎？我知道，我們家客廳有一個木頭製的地球儀。」她比出了一個成人手臂寬的長度，「聽說，只要有地球儀，就可以到達世界每個角落。」

「只有地球儀可沒辦法走那麼遠。」他笑著解釋，「地球儀不會告訴妳海流跟風向，也不會透露沿岸深淺跟暗礁位置。更重要地，就算妳知道全世界，妳還是不知道妳在哪裡。想要到達每個角落，我們還需要航海士、引水人、以及詳細的地方海圖。」

「我就知道沒這麼簡單。」藍鸚竊聲抱怨，「他們永遠把我當小孩哄騙。」

「我方不方便問一下：什麼風把妳給吹來新十字呢？」

「我現在兩地跑，幫忙校對合同翻譯，還有對帳。」

「真厲害，兩個地方兩份工作。」

「真的嗎？」

「無庸置疑。他們有給妳兩份薪水嗎？」

「我也這樣覺得。」她展眉，難得有人幫她說出心內話，「什麼時候他們才能知道我的價值？」

「妳得自己爭取囉。」

兩人一邊閒聊，威廉一邊辨認架上的書冊。有拉丁文、希臘文、希伯來文、英文跟少數幾本法文，還有很多似乎是藍鳶的學習筆記，塗滿各種符號與混搭文字。

「對了，我今天讀到幾個單字，雖然查了字典，依然不是很明白他們的含意。」

「請說。」

「『擬態』與『印痕』。」她看著自己的筆記。

「這兩個詞都是專業術語，日常生活不太有機會用到。」威廉覆述了一遍擬態與印痕，心想，八成是跟什麼咒語有關，「妳在哪裡讀到的呢？」

她低吟了聲：「忘記了。」

「擬態的意思，是指有些生物可以改變自己的顏色或外觀，讓自己看起來像是環境的一部分，又稱為保護色。印痕是說，有些動物在出生後，會把第一眼看到的動物當成是自己人。聽起來有點拗口，簡單說，就是破蛋小雞認母雞的過程。」

「原來是這樣，真的不是常用的字彙。」藍鸚迅速在筆記本上註解。

「我覺得，妳想看書的話，還是去圖書館比較好。我可以幫妳寫推薦信申請讀者證。」威廉踮腳，把他懷疑是魔法筆記的書冊特別擺放在書架上層，「畢竟這是魔法師的書架，難免有些古怪。假設妳真的想學魔法，還是請荷米斯親自傳授比較妥當，畢竟他是妳的堂哥。」

「魔法？我沒有想過這種東西！」藍鸚幾乎要跳起來了。

「但，這是魔法師的書架。」威廉苦笑強調；他忽然有點理解藍鳶的難言之隱，「就算看起來只是尋常的食譜、圖鑑、日記、百科、趣談或備忘錄，很有可能是通往咒語的密碼。就算是這本詩集《花開之前》，我也看得出來是關於解除詛咒的咒語。」

她接連「噢」了幾聲，對威廉點頭致謝：「是我太粗心，不該擅動他的東西。感謝你的提醒。」

「別擔心，我想比起動他的藏書，他會更擔心妳是否受到奇怪的影響。」書的議題解決，威廉把手指伸入盆栽，確認藍鳶心心念念的植物們有吃到水。

「請問……」藍鸚猶豫了一會兒，「你也懂得魔法嗎？」

「簡單的詭計可以識破，大概就是這樣的程度。要施展的話，大概只有一招。」他在書架上來回尋找，然後抽出一隻被權充書擋的魔法杖，「有了。妳看，貌似尋常，但這可是貨真價實的魔法杖，初學者專用。」

「可以表演給我看嗎？」她眼神充滿期待。

「我的榮幸，但是三流的魔術師需要昏暗一點的環境才不會穿幫。」顧慮到唯一的觀眾是淑女，他趕緊補充，「不，不用全暗，一半就好。」

在熄滅燭焰的過程，威廉發覺自己身體竟然本能地使用魔法杖吹熄燭光，看來他身體記得的魔法比腦袋多。場景準備完成，他退到比較空曠的地方，對觀眾滑稽地仿效宮廷鞠躬，然後俐落地拔出魔法杖，像抽劍般。

「要有光。」

語畢，杖尖凝結出一枚雪花般的星芒。他接著把魔法杖向上一指，光芒也朝上飛騰，沒入天花板。

「有人正在仰望星空。」

威廉連續點擊半空，並在杖尖急轉彎的地方綻放光芒；他在自己面前畫出數個星座，然後手臂向前一揮，星芒化為流星，滑經藍鸚，溜過窗戶，奔向街道後消散四逸。他希望街坊鄰居早已習慣與魔法師為伍，不要大驚小怪。

「每朵烏雲都鑲有銀邊。」

他在空中旋轉手臂迅速畫圓，杖尖旋轉三四周後再次散發銀白色光芒，忽大忽小，在空中流下銀色弧光。等光芒輸出漸趨穩定，他先在空中抽出簡單的曲線，然後是音符、蘋果、皇冠、小屋。他一邊慢慢走向藍鸚，最後再她面前譜出光之花束。他握住花束，所有的光弧瞬間消失。

「就是這樣。」

她搗嘴睜大眼睛，許久才說出：「太厲害了。真的是好神奇。」

「一點花招而已。」威廉把魔法杖放回書架，「就夜間照明而言，是挺實用的，不是嗎？」

遠方傳來教堂鐘聲。威廉望向窗外，城裡已經沒有幾盞燭火。

「我想我真的該離開，已經是這個時間了。」他走出門口之前，忽然想到什麼，「我回去就幫妳寫圖書館的推薦信，妳會待到什麼時候呢？」

「我明天就回南隆灣，但下個月還會再來新十字。」藍鸚也一路送客到街上，「路上小心。」

「晚安，下次見面再聊。」

回到房間，藍鸚從床底拖出行李箱，開始收拾自己的物品。收拾完畢，行李箱的空間上有餘裕，她從書架上取來《離散之星》裝進箱中，打算旅途上再仔細從頭看過一遍，打發時間。過了一會兒，她實在忍不住，又走到書架之前。她猶豫再三，吞了吞口水，小心翼翼地取下短杖。她心跳加速地把魔杖放在面前端詳，彷彿在魔杖之後，有另一個更廣闊的世界。

第七章

不知道，拉圖先生會怎麼描述這片東方森林呢？

艾蓮娜一邊想著這問題，一邊彎腰刮起少許土壤放進玻璃瓶中：那稱之為樣本的東西。是不是從土壤的性質開始描寫呢？土地總是訪客第一個接觸也最容易被忽略的部分，想必博學的拉圖先生不會忽略。艾蓮娜端詳瓶中的土壤，那與這山谷其他部分分離的一小部分土壤，它曾是這山谷的組成。等這瓶子跟著船隊抵達巴黎，送進拉圖先生的研究室後，它將脫離這渾沌山谷，以資料的身分，成為知識的一部分；聽起來偉大許多。但艾蓮娜總懷疑，這瓶中樣本的顏色、顆粒、黏度等等特徵，到底哪一項到了巴黎不會變樣。她看了太多的人，漂亮的、一般的或醜陋的，在這遙遠航程後都變了個樣；通常不是變得更漂亮。不，自己是例外，艾蓮娜堅信。岔題了，還是說回土壤吧。所以，還是需要一個客觀的標準。

「人是萬物的尺度。」

艾蓮娜取出色碼表，仔細把土壤對應的顏色編號標注在瓶子上。她可以看見向陽下的土色偏磚紅，樹蔭下土色偏橄欖色，至於那些過渡狀態的顏色，她不知道是否能出現在教授的想像中。

就算是想像中的森林，主角依然是樹木。艾蓮娜開始採集植物標本：水黃皮的種子、殼斗科的果實、榕科的氣根、火筒樹血紅的花朵、孔雀薑與心葉毬蘭飽滿的葉子、筆筒樹的螺旋新芽、白粉藤的莖、白千層與赤桉樹的樹皮……她懷疑自己有辦法蒐集所有植物的標本；光各種型態與顏色超出她想像的石斛蘭就超過一百種了，只怕在視野之外還有另外千種橙白粉紫的蘭花。這麼多東西缺漏了，到底拉圖先生與他的學者朋友們，要怎麼認識這片遙遠的森林呢？艾蓮娜盡可能蒐羅與摹寫植物標本，免得拉圖先生文字建構出來的森林太多空白。真空太多，只怕拉圖先生的讀者們會在這空白處畫上吃人的巨大花朵或結出鑽石的寶石樹。

算了，就讓他們真心相信寶石樹吧。這樣他們就會奮不顧身地跑來這遙遠的叢林吃苦頭。艾蓮娜在素描冊上畫上寶石樹，樹上的猴子們正拿著寶石丟旅人。

說到猴子，一座森林裡怎麼可能沒有動物呢？艾蓮娜從背包中拿出捕蟲網，打算再捕捉十來隻蝴蝶或蜻蜓。她已經收羅了幾十種帶殼的蟲子，接下來該是帶翅膀的。她享受製作標本的過程，一針下去，終止蟲子們本就短促的生命，成為靜置的標本妥善收在盒子裡。這不正是昇華造就永恆的藝術嗎？完美得如同石雕。另一方面，對於鳥獸標本的製作：剝皮、去肉、洗骨、再架構，艾蓮娜完全不感興趣。這不符合她的審美。再復原的標本，不論怎麼精細，都是仿效品。她喜歡由生命本身的姿態直接轉化成的標本。就讓那些根本還沒命名的鳥獸們盡情歡愉吧。

聲音，是一種她完全無法帶去巴黎、倫敦、里斯本或塞爾維亞的資料。蟋蟀鳴叫、青蛙跳出水面、求偶的歌曲、踩過半腐爛落葉的悶響、風吹過樹冠層的陣陣波濤，她沒有一樣能帶走。聲音，作為藝術的最高形式，就讓哈爾曼先生操心。

而這山谷的主角：河流，除了素描，難以採樣。相較於土壤，水更加難以捉摸。就算水能裝進瓶中不蒸發，一塊石頭就能改變清濁，該取哪個樣本，她毫無主意。就先不提諸如「你不可能踏過同一條溪流兩次」之類的詭辯了。

艾蓮娜悄悄走到河邊，打算網羅幾隻吸水中的蝴蝶，卻發現大量鵝黃色與奶油色的紋白蝶聚集在對岸。她仔細觀察，蝶群聚集下方似乎隱約躺著一個人。她望了一下谷頂，有樹枝被壓斷的痕跡，似乎是不慎摔落的過客。她又把谷頂到對岸之間仔細觀察了一遍，沒有超出自然力量的摧折，頂多是野豬穿過灌木叢時撞落的小枝條。接著艾蓮娜發現自己腳邊有個側背包。她撿起那個包包，裡面有好些信封。原來是港口來的信差。她信手翻閱，包包裡面果然有署名給她的信，但內文已經被溪水或露水渲開，難以閱讀。

竟然還是被找到，艾蓮娜眉頭微皺了一下。沒辦法了，只好問問那信差還記不記得其他資訊，比方是誰寫給她或者什麼時候拿到這信的。艾蓮娜不情願地找淺灘渡溪。她雖然穿著礦工的工作服不怕髒，但不防水。希望這些蝴蝶吸的是他身上的露水，不是別的。走近郵差，沒有任何明顯異臭，於是艾蓮娜揮舞捕蟲網，停留在郵差身上的蝴蝶們受到驚嚇，紛紛飛離。奶油色的翅膀在陽光照耀下宛若無數菱形光輝散離。千萬分之一秒的瞬間，她彷彿看見一面鏡子，鏡子後面映照一片海洋；但一切幻象在下一個眨眼前消失無跡。

她走到趴倒的信差身邊，是個接近二十歲的少年。少年的外觀讓她詫異，雖然詫異的情緒只持續了瞬間；他蒼白的膚色與金黃的髮絲，就是在她家鄉也少見。嚴格說來，是僅有一個。這蒼白的膚色難以適應此地毒辣的陽光。果不其然，少年耳背與脖子附近的皮膚都曬得滲血似粉紅。為了查看生命跡象，艾蓮娜把少年翻過來，接著他的長相又令艾蓮娜內心暗驚。儘管沾滿泥巴，陌生郵差的面容卻非常類似她認識的那一位。

湊巧得像夢境，艾蓮娜趕緊到溪邊查看自己的倒影，確認自己不是夢中的二十歲。好的，這不是夢，這個人也不是那個人。艾蓮娜回到昏迷的郵差旁，用沾滿樹汁草液的手背隨意測了測脈搏，那少年還有氣息。她得把這人搬運回去了。她必須承認，相對於搬人，搬資料還是簡單許多。

至於哈爾曼先生夢寐以求的銀蕨，又是一無所獲的一天。

在他睜開雙眼之前。

在他睜開雙眼之前，他彷彿被囚禁在一陣漫長的惡夢之中。這場惡夢，沒有長相不對稱的怪物、滿身鮮血的鬼魂、四處獵捕活人的喪屍，沒有從簾幕後竄出的殺人魔。也沒有不見終點的馬拉松、即將宣告被告有罪的法官、手拿藤條的繼父、坍塌的礦坑，也不是愛人的喪禮。一無所有，這場惡夢的形式與內容，就是一無所有。連身體感覺也一無所有。他無法動彈甚至感覺任何手指頭或腳趾頭，就像困在網中的魚或切斷繩索的傀儡，失去所有能動性。他無法感知溫度、氣味與聲音，四周沒有一絲震動，彷彿真空；他不確定是否自己在呼吸，也無法發聲。唯一能轉動的只有兩顆眼珠，但視野所及仍然是無邊的黑暗，他甚至不確定自己是否張開了眼皮。就這樣，他癱困在一無所有的惡夢裡，直到歷史也消融了。

然後他再次睜開雙眼。

最初的光線總是刺眼，但他習慣得很快。周遭的光線柔和得似瑞香花。暮色與香檳色壁紙相映出乳白色光暈，飛塵與蚊蚋不規則擾動光子軌跡。香氛明顯不是來自眼前水果籃裡的紅芭蕉；這味道要更有溫度且魅惑。光源來自陽台，朝向內庭。他繼續探索周遭環境，發現自己躺在一副籐編沙發上，沙發的形狀像個大貝殼，軟墊上印著百合飾紋。環繞沙發四周的，則是文藝復興式交椅，皮革坐墊光澤黯淡。牆上掛著幾幅油畫，多是從不知名港口揚帆的加利恩帆船，交錯一幅雪景荒原。

正當他從沙發上坐起，想要到別的房間找尋人影，一個矮小的男人走了進來。那個人手持蠟燭，一路點亮房間與迴廊。「你醒了？」點燈的人繼續手邊工作，往下個房間走去，「待在那裡。我再一下就好。」

儘管沒有特別清亮，但確實是女生的聲音。她的穿著—襯衫與長褲—讓他誤判了性別。等待她回來的時間，他發現自己手腳多處綁了繃帶，而且在移動身體之後，腹側隱隱疼痛。

「久等了。」她再次回到房間，坐在他對面的交椅上，「感覺怎樣？外傷並不嚴重，有幾處大面積瘀青。」

她有著深棕色的捲髮，簡單向後頸一束，沒有編織，幾綹有燭光照映的髮絲呈現幾絲銀灰。

任何人在她面前，很難不被她金澄色的瞳孔困住注意力，像柳橙討喜，像太陽可畏。

他知道她用了三種語言嘗試與自己溝通，但他不知道該用哪種語言回應。他懂得她所用的語言，也能辨認出哪種語言是她的慣用語，但他不知道哪種語言代表自己。他想不起來，在過往，他都使用哪種語言。或許，這是因為她所使用的語言都不是他真正的語言，所以他真正的語言尚未甦醒。

察覺他眼神的迷茫，她指著自己：「艾蓮娜。」接著指著他。

「艾蓮娜……是妳。」他指著艾蓮娜，接著把手放在自己胸口，「那我……是誰呢？」

艾蓮娜深吸一口氣：「你不知道自己的名字？」

「似乎是這樣。」他搔頭笑著，彷彿這不是什麼大不了的事情。

「可能是撞到頭了。」她搖頭。

「我跌倒了嗎？」

「我在山谷底部發現你。」

「是妳救了我嗎？」

「算是吧。只是順便撿了回來。」她搖搖手，「如果你受了致命的創傷，我也束手無策。你有沒有任何印象，為什麼要來這裡呢？」

「唔……」他低頭思索，一片虛無，「完全沒有印象，這好像有點糟糕了。所以，這裡是哪裡？」

「這是個好問題。」她走向小陽台，「這個小鎮，叫做聖地亞哥，位在一座稱為拉朱比亞的島嶼上。這個聖地亞哥是世界上千百個聖地亞哥的其中之一。雖然不是最新的，但可能是即將消失的。這裡曾經有座銀礦場，因此繁榮一時，滿地都是掏金工人與銷金處。遺憾地，當本地第一座劇院建成時，礦源也枯竭了。我們所在的這個地方，曾經是鎮長官邸。」艾蓮娜撥了一下窗簾厚重的金色流蘇，「離這裡最近的港口是格拉那達，沒遇上雷陣雨的話，一天內走得到。只要一天就能從聖地亞哥走到格拉那達，其實挺快的。幸運地，這座島上還有幾座莊園出產香料，大部分是胡椒。因為那幾隻會下蛋的金雞母，偶爾還有船隻出入格拉那達。無論如何，這座聖地亞哥已經完了，能走的人全都離開了。」

「所以，這裡是聖地亞哥的鎮長官邸？」他睜大眼睛，「難道妳是鎮長？」

艾蓮娜靠在椅背上，吐氣：「都說這個城鎮已經被廢棄了，只剩下不到三十人的老弱殘，哪來的鎮長？不過，就算人都走光了，蓋好的房子也走不了。這棟鎮長官邸跟旁邊的公司招待所是聖地亞哥最值錢的公司資產，勉強還有人在看照。任何人只要給格拉那達的管理員五里拉，都能在這裡住上一個月。大概不用五十里拉，他們就願意整棟賣給你了。」

「真是令人感傷的地方。」

「是。你又是為什麼來到這絕望又苦雨之地呢？」艾蓮娜看他兩眼迷茫，毫無頭緒，於是拿出他的背包，「你的東西，裡面本來有信，不過已經被溪水泡爛了。」

「所以，我是個郵差囉？」他好奇檢視那個皮革製的側背包，依然有點潮濕，但裡外空空如也。

「或者，你幫誰跑腿呢？」

他無助地望著艾蓮娜，像隻棄犬：「抱歉，我真的想不起來了？怎麼辦？」

「怎麼辦？」艾蓮娜揉著眉骨，「反正又不會死，就先這樣吧。等皮耶跟芙蘿拉回來，再問他們意見。」

「皮耶跟芙蘿拉？他們是誰？」

「一個音樂家與他的妻子。我想，他們會很樂於自我介紹，所以我就不多費唇舌了。」艾蓮娜遞給他一個杯子，「你喝點水休息吧。晚餐前，我要再處理一些標本。」

「不好意思，請問方便讓我……跟著妳熟悉一下這裡的環境嗎？」

「看你，我無所謂。」艾蓮娜轉身就要離開。

他匆忙幾杯清水下肚，想要追上艾蓮娜腳步，卻在起身瞬間感受到暗傷的威力，幾乎就要大叫出來。

「就說讓你在這裡休息了。」她緩下步伐，開始碎念，「真是的，長那麼高也沒比較有用。」

「沒關係，我可以的。」他抹下額頭冷汗，擠出微笑，「我只是想要早點認識新地方。」

「我看不出自我勉強可以帶來任何益處。」

艾蓮娜忍不住又碎嘴了幾句，接著帶領他走向階梯上樓。鎮長官邸是個三層樓的四方型建築：主樓、二樓與三樓；所有的房間都有面朝中庭的陽台，還有朝向外側的窗戶；除了少數幾個正在使用的房間，大多數朝外的窗戶都用木條封死。中庭花園缺乏仔細照料，雖然不至於成為原始叢林，但花朵已經埋沒在蕨類葉叢中，雜草也默默擴張走道的瓷磚縫隙；為了避免蚊蟲孳生，正中央的水池已經被木板蓋上。這棟建築沒有走廊，所有的房間都相通。艾蓮娜的廂房是三樓離樓梯口最遠的兩間，也就是說，沒有人需要取道她房間來到達其他的房間。

艾蓮娜工作的房間原本是個書房，中央有個大方桌，窗台旁邊另有個寫字檯，其餘牆面則擺滿書架。原本該在書架上的厚重藏書此時都被艾蓮娜挪到大桌子上，一本一本疊起來鎮壓標本；桌上沒有擺書的空間則擺滿各種葉片、樹皮與根莖部切片。其中一個空出來的書架如今置放了精美的玻璃盒與木盒；各種甲蟲、蜻蜓、蝴蝶、飛蛾、小型爬蟲跟蝙蝠，井然有序地列隊排開在細緻的小棺材裡。另一側的書架則堆了數個深色紙箱跟窄口瓶罐，窸窣聲不時從紙箱內部傳出。

「隔壁就是我的臥房，需要導覽介紹嗎？」她皮笑肉不笑地諷刺。

「沒關係，那就不用了。」他耳根赤紅起來。

艾蓮娜推開書房的窗戶，三樓的視野遼闊許多，可以一覽傾頹中的聖地亞哥。不論是磚造或木造的，平房或樓房，外漆剝落的房子看起來一律泥褐煤灰，儼然回歸塵土之日不遠矣。曾經是劇院、妓院、酒館、雜貨店與員工宿舍，都成為各種榕屬或蕨類的盆器。了無生氣的建物沿著山坡一路滑向另一側的半山腰，接上了軌道終端，那邊就是礦坑入口了。礦坑入口前散布數個巨大儲水池，蓋滿墨綠藻華。山的另一端飄來厚雲，向晚的聖地亞哥漸次籠罩在煙雨雲霧中。一片邁向失序的景象中，只有教堂尖頂上的十字架依然保持分明的直角。

灰濛的景象蹦出兩條鮮明的人影疾疾走向鎮長官邸。走在前面的似乎是個女子，不時擺頭甩手，看起來頗為憤慨；緊跟在後面的男子，一會像是賠罪，一會像是嘲諷，惹得女子更為不滿。隨著音量逐漸放大，兩人也逐漸靠近屋子。

「他們就是皮耶跟芙蘿拉。走吧，去跟他們打聲招呼。」

艾蓮娜帶領他下樓，回到二樓的客廳。二樓此時已經完全沒有天光，客廳全賴燭光照明。艾蓮娜把餘下的蠟燭全部點起，驅逐了所有的黑暗。桌上除了原本就有的水果籃，還多了一籃麵包與乳酪切片。正當他猶豫該不該動手，皮耶跟芙蘿拉已經喧騰上樓。

「你看看這個男人教養多好。」芙蘿拉把無沿軟帽隨手拋到沙發上，並抓起左側的頭髮，「如果你的頭髮被鳥襲擊了，正常人會怎麼反應？應該是說真不幸或我很抱歉之類的，不是嗎？但你看這個人，他竟然放聲大笑！」芙蘿拉睜大橄欖色的雙眼，「我打賭這世界上找不到更粗魯的人了。」

「所以我說了啊，『真幸運』。在這種情況下，真幸運或真不幸，還不都一樣？」皮耶隨後走進客廳，嘴角止不住微妙的笑意，「再說，我早就勸她，頭上一堆鳥飛來飛去的時候不要脫帽，她堅持要整理頭髮。結果真的天降鳥屎，不偏不倚打在她頭上，又要怪我烏鴉嘴。」

「那不代表你可以開懷大笑，同理心呢？」芙蘿拉戳向皮耶心窩。

「逗我笑的不是因為鳥屎，而是妳的如雷反應。」皮耶一邊向後閃躲一邊擠眉弄眼。

芙蘿拉眼睛看向天花板，模仿皮耶的語調：「在這種情況下，鳥擊或我的反應，還不都是嘲笑？」

「我的疏失，大小姐。」皮耶掏出手帕，作勢要清理芙蘿拉的髮絲，「如此高貴的頭髮，豈容鄉間野禽玷汙？」

「被玷汙的靈魂，豈能洗潔任何東西？還請離我遠一點，不勝感激。」芙蘿拉把皮耶一把推開，坐在交椅上，「看來我們今天有訪客，真是稀奇。」

「我下午田野調查時，意外遇到的。」艾蓮娜簡要敘述經過，語氣平坦好似撿回一塊木材。

「什麼都想不起來了嗎？」芙蘿拉同情且帶有憂慮地看著他，「噢，我感到非常遺憾。」

「同感遺憾。」皮耶偷瞄芙蘿拉一眼，但芙蘿拉佯裝沒注意。

「給大家添麻煩了，非常抱歉。」他雙手按在大腿上，身體微微前屈。

「那就先待在這裡休養吧，說不定過幾天就慢慢想起來了。」芙蘿拉注意到他視線老是不經意停留桌面，於是把麵包籃遞過去，「在那之前，我們該怎麼稱呼你呢？」

「小夥子？」皮耶又挨了一記芙蘿拉的白眼。

失憶少年嘴裡嚼著麵包望向艾蓮娜。艾蓮娜嗯了聲。

「弗爾丹特，就叫他『弗爾丹特』吧。」

芙蘿拉望向皮耶，表情似乎不甚肯定。看起來，她比較偏好尋常點的名字。

「上帝創造，林奈命名。命名，是發現者的美德。更何況，弗爾丹特這名字聽起來生機勃勃，宜於復甦。妳看看，只有博學如艾蓮娜才能想出來。啊，這名字讓我想起了綠酒，不如我們今晚久違地開瓶酒吧。」皮耶似乎很欣賞艾蓮娜的取名品味。

「抱歉了，弗爾丹特，與富有創意的人生活就是這樣。」芙蘿拉加倍憐憫地看著弗爾丹特，並且按照自己的意思給他安上個姓，「那麼，格林先生，等等願意與我們共用晚餐嗎？慷慨的哈爾曼先生正打算招待我們他僅有的最後幾支酒。」

「那真是太好了。」他率直微笑以對，「那麼，我該怎麼稱呼你們呢？」

「芙蘿拉，不幸地，剛好是旁邊這位波西米亞人的妻子。」

「皮耶，幸運地，是這位愛抱怨美人的法律關係人。」他清了清喉嚨，「說真的，波西米亞人會住在這種大致上還算體面的會館嗎？」

「我們付的租金，拿到巴黎，就真的只能住小閣樓了，不是嗎？」

「最好不要，那邊的野鴿特別喜愛瞄準路人。」

「為了培養晚餐的愉悅心情，我覺得需要耳根清靜一下。」芙蘿拉站起身子，朝艾蓮娜與弗爾丹特點頭，「我去換套乾淨衣服，等會餐桌上再聊。」

「那我去廚房幫忙，回頭見。」皮耶也轉身下樓，哼著歌往餐廳走去。

晚餐時刻，全員盛裝出席。

芙蘿拉的頭髮仔細編成辮子然後盤起，灰絲較為明顯的地方被銅質玫瑰髮飾巧妙遮掩。她換下來外出時穿的粗紡長袍，改成一襲珐瑯色絲質巴斯克衫，皺摺與緞帶裝飾得像朵百合花，搭配蕾絲材質打褶繡花胸衣，下半身則是草綠色襯裙。艾蓮娜相對樸素，她換下男用的長褲，改穿赭紅色長袍與罌粟花刺繡的胸衣，流線型的造型讓她看起來高挑許多。皮耶穿著帶有長縫繡口的寬鬆對襟上衣，上面刺有草履蟲花紋；脫下帽子的皮耶，頭髮比在場的誰都灰白，而且頭頂隱約稀疏。弗爾丹特顯得格格不入──皮耶的罩衫對他來說太寬，馬褲對他說太短；幸好管家艾達從倉庫中湊出了一套合身衣物，雖然織工不及其他訪客，質料算不差的粗亞麻。

宴客廳的長桌，四個人只占了三分之一的空間不到。在皮耶協助下，餐盤與刀叉都出現在正確的位置上。前菜是榲桲醬佐切達起司，果醬與起司都是歐洲原產。其他的主菜與配菜，則是出自附近農場或艾達的菜園，如：馬鈴薯泥、烤馬鈴薯、鷹嘴豆沙拉、炒蛋、水煮青豆與紅蘿蔔；也有些是山中野味，像是烤香菇、沙嗲魚、鷹嘴豆野魚咖哩與烤筊白筍。弗爾丹特起初對於紅澄澄的榲桲醬有點遲疑，彷彿從未接觸過；芙蘿拉一邊夾起烤馬鈴薯，一邊對皮耶抱怨對鮭魚派與鼠尾草烤燕麥的懷念，醋的酸度也不太對；皮耶取來印度烤餅，刻意大力讚賞咖哩醬的美味，「饗宴世界的新大陸」；艾蓮娜不予置評，舀走了大半的馬鈴薯泥；四人之中，只有弗爾丹特動了包在蕉葉中蒸熟的椰漿飯。

「唉呀，好像還沒有好好的自我介紹。我是皮耶，詩人、音樂家兼音樂家教。」一提到家教時，瞥了芙蘿拉一眼，「我正在尋找靈感。我有預感，一首精彩的舞曲即將在我腦海中湧現。」

「我是芙蘿拉，不幸地，同時兼具妻子與贊助人的身分。雖然皮耶還沒有寫出真正膾炙人口的好作品，也還沒有在音樂會上發表過。但是，」她深吸口氣，對皮耶回以挑眉，「這個構思中的音樂：《銀蕨舞曲》，將會讓他成為飛昇的新星，不是嗎？」

「愛人的耳語，總讓我更加堅強。『凡殺不死我的，都使我強壯』。」

沉默了半晌，艾蓮娜終於接續對話：「我是個博物學者或植物學家，看你喜歡怎麼稱呼。我的任務是採集熱帶森林的樣本，現在身兼哈爾曼夫婦的嚮導。」

「給大家添麻煩了，我是弗爾丹特。」弗爾丹特身體前傾了一下，「看起來，我好像暫時失憶了。如果有什麼工作可以讓我分擔，請儘量差遣。非常感謝艾蓮娜把我帶來這裡。」

「順手而已，既然你還有一口氣。」

「陌生的訪客說不定有意想不到的靈感。」芙蘿拉興趣盎然地看著弗爾丹特，「你喜歡唱歌嗎？你知道些地方民謠嗎？」

「這是個好主意，音樂總會在不經意的地方與記憶連結。不如，我們等等讓弗爾丹特玩一下樂器，說不定他會想起來其實自己是音樂家呢。」皮耶把咖哩醬遞給芙蘿拉。

「好主意。」芙蘿拉拍手讚許，但對咖哩興趣缺缺。

「我們的酒去哪裡了？今天可是星期天呢。失陪一下。」皮耶離席去廚房。

「我有點狀況外，但什麼是銀蕨呢？」弗爾丹特試了塊榲桲醬佐切達起司，出乎意外地甜美。

「那是一個禮物，來自一位皮耶的朋友。那是一株漂亮的蕨類，葉子的形狀像是小扇貝，葉背有銀灰色的光澤，風一吹就像在跳舞。那是皮耶的繆思女神。當他想用銀蕨為題創作一個包含十二首作品的組曲時，銀蕨卻枯萎了。目前還停滯在第六號作品。他說無論如何都要完成這個作品，也無論如何都要再找到一株銀蕨。打聽之後，據說那盆銀蕨最初是在這裡發現的。於是我們就來了。」芙蘿拉嘆息，「瞧，多任性的人。」

「按照描述，應該是一種鐵線蕨的個體變異。」艾蓮娜補充。

「什麼蕨類都好，我只希望在聖誕節前離開這裡。」

「我儘量。」

「噢不，艾蓮娜，我沒有要增加壓力的意思。請按照妳的步調，也不要耽誤了妳的研究。這完全是我的問題。」芙蘿拉把手放在下腹，「我不確定，什麼時候開始我無法搭船作長途旅行。至少在格拉那達，找得到助產士。」

「或許，我們可以讓艾達先把助產士請來。」艾蓮娜沉吟了一會兒，「當然，我會儘快找到銀蕨。別擔心，這是我自己的意願。我非常期待哈爾曼先生的音樂，作品完成後，請務必讓我當頭號聽眾。」

「那也讓我加入找尋銀蕨的行列吧。」弗爾丹特自告奮勇。

「那真是太好了，格林先生。我在山林間移動的速度，比嬰兒還慢，讓我在艾達的菜園幫忙，起碼還能對晚餐用貢獻。」芙蘿拉對弗爾丹特燦笑，露出右臉頰的酒窩，「不過，得先等你身上的傷好了。畢竟叢林還是有點危險，特別是這裡的叢林。」

「最後一支，剩下的要留來慶祝作品完成。」皮耶拿來一瓶綠酒，為大家的酒杯注入一抹檸綠，「唉呀，我們是不是忘記餐前禱告了？」

芙蘿拉逕自乾杯：「聽說這個小鎮七年前就沒有神父了。」

「但上帝是無所不在的。」儘管艾蓮娜完全沒有停下刀叉的意思。

「說得好，哲學家。」皮耶舉起酒杯對艾蓮娜致意，「說起來，很長一段時間裡，音樂創作的目的，是為了榮譽上帝，不是嗎？」

「分明就是人們為了取悅自己，卻裝作虔誠。」芙蘿拉搖頭。

「智者會怎麼說呢？」

「請稱我艾蓮娜，我不是智者。你若問我，我認為，世間萬物都是上帝創造的。」艾蓮娜環視曾經輝煌的宴客廳，「人的使命，就是探索與讚美這世界的多變，因為那都是上帝的巧思。有形的萬物出自上帝的意念，無形的音樂也是出自上帝之手，所以是為了榮譽上帝。」

芙蘿拉指間輕彈了餐盤一下：「但這房子與這器皿，不都是匠人打造的嗎？」

「確實是出自匠人巧手，但若我們繼續探究，最初，腦海中的藍圖又是從哪個虛空冒出來的呢？」艾蓮娜晃動酒杯，「是上帝的巧手晃了一下。」

「我認為，我的音樂靈感是來自獨一無二的我。身為一個音樂家，我無論如何都要這樣主張。」

「唉呀，自戀的音樂家終於露出本性了。」芙蘿拉望向弗爾丹特，「格林先生，但願這神學討論沒勾起你的睡意。」

「是啊，應該問問年輕人的觀點。」皮耶也打趣催促。

「這問題有點深奧呢。」弗爾丹特擰眉思索，「我覺得歌曲的意義，只能由聽眾決定。雖然樂譜是一樣的，但每次演奏出來的音樂卻因為演奏者的詮釋與當下的環境有所不同。也就是說，每次演奏出來的曲子都是獨一無二的。所以，歌曲的意義，只能由當下的聽眾決定，唔，或許還要加上演奏者。總之，這歌曲的意義會非常多元，沒有標準解答。」

「輕巧。」皮耶評論，「啊，遇到瓶頸時，就是需要這種輕巧。我的音樂，如果由你來賦予意義，倒有意思。那靈感呢？靈感來自何方？」

「同樣的道理，靈感不是來自虛空，也不純粹是創作者本身，而是來自創作者生命的歷程，與他人還有自然萬物的互動，在我與他者不停交流時萌生的念頭。」弗爾丹特苦笑，「畢竟我不是創作者，這也只是我的空口白話而已。」

「是，你曾是，或即將是。」皮耶捋一捋他的落腮鬍，「小夥子，我的直覺說你有潛力。」

「太好了，格林先生，看來皮耶非常賞識你呢。」芙蘿拉幫弗爾丹特倒滿酒杯，「不過創作者也有很多類型，可以的話，我真希望你選擇一條跟皮耶不一樣的道路，這樣對自己跟他人都比較好過唷。」

「噢，說得好像我讓你受苦似的。」皮耶作勢要捏她鼻頭，被芙蘿拉優雅撥開。

「誰知道呢？受苦或享受，只能由我自己來詮釋。但你是否能正確詮釋我的詮釋，我不確定。不然我們請格林先生跟艾蓮娜身為公正第三方來詮釋好了。」

弗爾丹特耳朵轉紅：「先別說詮釋了。剛剛有人提到這邊的叢林特別危險，為什麼呢？」

「那個鄉野傳說嗎？」皮耶看其他人不太樂意多加著墨，只好自顧自說下去，「聽說這邊的森林裡頭，有個猴子妖怪，只要大人一不注意，就偷拐孩子。看來我們得看緊你了。」他加上一個鬼臉。

「如果猴怪抓人的標準是心智成熟度，不知道誰比較危險呢？」芙蘿拉把杯中的綠酒一飲而盡。

「我們都危險。」皮耶也飲盡杯中物，並用拉丁文念出，「毋忘死亡。」

弗爾丹特注意到艾蓮娜的撲克牌臉似乎抽搐了一下，她也結束手上那杯。「哈爾曼先生，感謝你珍藏的美酒。我有預感，我們很快可以找到那株夢幻的繆思銀蕨，然後欣賞你的新作品。」

他們稱她艾達。

她是本地人，頭髮黑如墨，但她的膚色白皙。她的部落向來以白皙為周遭部落周知。艾達的男人加入他們的船隊，於是她到他們的房子當傭人。里拉是極有價值的貨幣，村落的少女們都希冀自己的項鍊或耳墜上有幾枚明晃晃的里拉銀幣妝點。她只在清晨與傍晚時段整理菜圃，所以古銅色的太陽印記從未烙在她身上。

身為聖地亞哥最後一名正式雇員，她的首要工作是照顧鎮長官邸跟招待所，避免這兩棟建築物被荒木野獸占據，或在一場大雨漏水中溶解殆盡。非正式任務則是照顧那些走不了的人。招待訪客並不是重點項目，她想格拉那達的大衛應該有跟貴賓清楚說明。她希望大衛有跟這些陌生人說請楚所有該注意的地方，因為這些訪客雖然也來自遙遠的外域，但說的是另一種截然不同的外域語言。稱為艾蓮娜的女人似乎說他們的語言，但艾蓮娜不多話。艾蓮娜是她難以理解的存在，但她沒多問。起初，她以為這兩位女訪客都是男訪客的妻子，但艾蓮娜住在另一個房間，也從未進入皮耶的房間。艾蓮娜不是他的妻子。她的男人在哪裡工作呢？艾達不禁好奇，但也僅止於好奇。

為了迎接訪客，艾達搬回地下室的傭人臥室，緊臨著廚房。傭人臥室的採光其實還可以，白天時光線會透過窗戶照入，艾達非常佩服他們設計建築的方式。缺點就是夜間比較潮濕，恩里客似乎不太喜歡。他們稱呼他恩里客，是她正在牙牙學語的小孩。芙蘿拉閒暇時（而她經常閒暇）會幫她帶小孩，帶著恩里客唱那些艾達不懂的異國歌曲。幸好皮耶與芙蘿拉都是非常體貼的客人，理解她要同時打掃兩棟大房子與張羅大家的飲食幾乎是不可能的任務，因此樂於幫忙她整理餐桌或清洗餐盤。為了答謝芙蘿拉與新客人弗爾丹特今晚的協助，艾達又烤了米布丁當餐後甜點端進客廳。

此時，不多話的艾蓮娜坐在角落沙發，安靜閱讀《羅蘭詩歌》。皮耶與芙蘿拉在另一側，兩人輪流彈奏大鍵琴與小提琴，時而練習皮耶自己的作品，時而演奏貝爾塔利的夏康舞曲，由弗爾丹特擔任聽眾。

「如何？」芙蘿拉問。

「非常好聽。」弗爾丹特讚美。

「我是說，有想起什麼嗎？」

弗爾丹特搖頭：「這麼優雅的樂器，總覺得不適合我。」

「不不不，你不適合管樂。」皮耶武斷擺手，「你屬於弦樂。」

「什麼意思呢？」

「容易走音。」芙蘿拉放下小提琴，聞了一口米布丁表面的肉桂香。

「我明明是稱讚妳的揉絃技巧。」皮耶也站起來伸懶腰，「只有我們兩人的二重奏似乎有點單調，不知道今夜，艾蓮娜願不願意加入呢？」

艾蓮娜把視線從書本上移開，不確定皮耶是不是叫錯名字了。

「是呢，我也有聽到。」芙蘿拉拿了一杯米布丁到艾蓮娜面前，「妳的房間，偶爾會傳來魯特琴的聲音。」

「只是些民俗樂曲罷了。」

「民俗樂曲怎麼了嗎？要是有人看不起吉格舞曲，我一定踩他鞋子。」芙蘿拉轉向皮耶，「是不是？」

「正是如此。說得極對。」

無法拒絕芙蘿拉與皮耶的盛情，艾蓮娜只好回房間取來魯特琴，同時芙蘿拉也從不知哪個房間的牆壁上找來一把手搖琴，又丟給弗爾丹特一只鈴鼓。

主客定位，芙蘿拉旋轉手搖琴，艾蓮娜先開始一段緩慢而哀傷的彈奏，重複相似的旋律，世界彷彿成為只有黑白的沙岸。漸漸地，宛若一抹酒紅色暈開，艾蓮娜轉為中板，開始吟唱：

魯特琴，魯特琴，我的魯特琴。
當我走向海邊時，我帶著我的魯特琴；
當我邁向山頂時，我帶著我的魯特琴。

魯特琴，魯特琴，我的魯特琴。
當我想起你，魯特琴在風中為我歌唱；
當我思念你，魯特琴在夜裡為我呼喚。

魯特琴，魯特琴，我的魯特琴。
當你來臨時，幸運撥響魯特琴；
當你離去時，不幸敲響魯特琴。

魯特琴，魯特琴，我的魯特琴。

當我開始哭泣時，你是否與我哭泣？
當我停止哭泣時，你是否為我哭泣？

一曲結束，芙蘿拉與皮耶還在思索適合的話語，弗爾丹特率先打破靜默：「可以讓我也嘗試一下魯特琴嗎？」

皮耶拍響大腿：「我就說你是弦樂派。」

「只是嘗試一下，說不定……」弗爾丹特從艾蓮娜接過魯特琴，琉璃珠般的青瞳凝視琴弦。他先小心翼翼地走過一輪音階；嗯，沒有走音。接著依序練習每個大調的琶音；出乎意外地流暢。他半瞇著眼，微微搖晃著上半身，彷彿彈奏的是另一把他熟悉的魯特琴。弗爾丹特持續在各大調與小調的琶音之間流轉，並找尋適宜的節奏。終於，在宛若旋轉木馬歡愉的快板中，主題閃耀跳出。他先把主旋律重複演奏兩次，要重複第三次時，他張口吸氣，依然遲疑；終於在第四次時，唱出歌詞：

那裡有條通往鄉間的小路，
帶領我前往鄉間的小屋。
青草氣息的微風迎面而來，
啊那就是夢中的小屋。

夢中的綠色小屋，
向著藍色海洋，背對翠色山丘，
鮮美的蔬果隨季節變換，
鮮豔的野菇日夜竄出。

噢，我願在此駐留，
現在就邀請她踏上旅途。
「噢，我願在那駐留，
現在就與他一起出發。」

一曲唱完，在芙蘿拉示意下，弗爾丹特又重唱了一次，艾蓮娜也拾起鈴鼓，替他伴奏。伴著樂聲，皮耶摟起芙蘿拉的腰，翩翩起舞。兩人沿著二樓內側的房間一路搖曳而去，彷彿置身在鏡廳的宮廷舞會。

皮耶再次回到客廳時，手上拿著一支酒瓶：「精彩！精彩！這值得我們再開一瓶。」

「不是說晚餐那是慶功宴之前的最後一瓶嗎？」芙蘿拉拿著玻璃杯隨後跟上。

「那是最後一瓶的綠酒，這是最後一瓶的最後一瓶紅酒。」他開懷地開瓶斟酒。

「確實有模有樣。」艾蓮娜也拍著鈴鼓讚許，「你的法朵在哪裡學的？」

「呣，誰教我的呢？」弗爾丹特一邊搔頭，一邊凝視著酒杯中旋轉的石榴色紅酒，「糟糕，還是想不起來。可能是跟鄰居學的吧？」他傻笑。

「那再唱幾首來聽聽吧。」艾蓮娜也取來酒杯，「好久沒聽見法朵了。」

「可以也請妳教我幾首歌嗎？」弗爾丹特雙眼充滿期盼地望向艾蓮娜。

艾蓮娜低頭嗅著酒香：「當然，我如果不唱，只怕這歡愉的氣氛就要把這搖搖欲墜的屋頂給掀了。」

最後一支的最後一支紅酒沒有白費。當晚，皮耶完成了銀蕨舞曲第六號。

第八章

一隻軟綿綿，毛茸茸的熊狸，敏捷地穿梭在河谷地。

牠有一雙水汪汪大眼，讓牠看見一般人類感測不到的光譜。牠蓬鬆的尾巴沿途纏繞樹莖與爬藤，留下幽微的奶香味，用氣味構成一幅地圖。牠脖子上掛著條腥紅色項圈，還有一個寫著「薩米」的小鐵牌。

薩米不是一隻野生的熊狸，他灰藍色的皮毛比起同類都更加柔順有光。牠圓滾滾的身材說明，牠的主人不曾讓牠挨餓，薩米早忘記挨餓是什麼感覺。所以，此時在河谷疾行的薩米，牠所找尋的，是無花果以外的獵物。

牠要找尋一種更細微、更晶瑩、更閃亮的物品。薩米不知道那東西的功能或意義是什麼，那物品的概念不存在熊狸的意識中。但是當主人的額頭輕輕敲擊薩米，牠就了悟了這趟任務所要找尋的目標。

在流水潺潺的小溪旁邊，薩米看到了那個陽光下閃閃發亮的東西，就卡在小溪中央的一塊石頭下。同時，薩米也看到了河的對岸，有一隻軟綿綿，毛茸茸的果子狸，也盯著那閃耀米狀光澤的神奇物品。於是，兩隻毛茸茸的小動物在河道上齜牙裂嘴、張牙舞爪、囓咬對方喉嚨。一陣搏鬥後，薩米搶先銜起水底的銀鍊子，沿著原路奔跑而回。

只要成功帶回墜子，主人一定會給豐厚的獎勵，薩米一邊疾馳，一邊快樂地想著。同時，背後也一陣沙沙聲緊緊跟隨，那隻果子狸還沒有放棄目標。忽然一聲尖叫，追擊的壓力也跟個消失。薩米好期回頭一望，只見果子狸誤踩陷阱，被高高吊在半空中。

粗心的笨蛋，活該成為獵人的晚餐吧。

薩米歡愉踏上歸途，卻在下一步也踩進陷阱，瞬間也被甩到半空中。兩隻兩隻毛茸茸的小動物隔空低聲嘶嘶吼叫，直到雙方都筋疲力盡。隔了許久，獵戶終於出現。

薩米本來還想再抵抗一陣子，卻在眼神接觸艾蓮娜瞬間，無來由感受一股無邊無際的恐懼，墜子也從嘴裡鬆脫，掉到草叢裡。面對滿滿收穫，獵人卻毫無喜悅神情，一臉漠然。

「一次抓到兩隻斥候，還真是成果豐碩。」艾蓮娜彎腰拾起墜子，仔細審視了一會兒，然後冷笑出聲，「果然是重要的線索，幫大忙了，看來我們年輕客人的身分很有意思。薩米，你的主人把你訓練得很好，這條鍊子的賞金買下這整座鬼島都有剩。」

睡美人一覺醒來，發現自己成了農婦。

審視鏡中工作裝束的自己，芙蘿拉總好奇是什麼讓她來到這荒蕪的小鎮。從坎特伯里到倫敦，從倫敦到加爾各答，又從加爾各答到聖地亞哥，她有點無法掌握內在邏輯，只有對百果餡派、鮭魚派與鼠尾草烤燕麥的思念與日俱增。

昨夜夢裡，她難得回到那年的那個舞會。那個派對是為了羅娜，一個來自劍橋郡金髮女孩的生日而舉辦；地點在聖殿教堂附近，臨近河畔的華宅內。「『牧羊人之花』，請務必參加我的生日舞會。」那個刻薄的女人，總會有意無意提到每個人的出身再輕描淡寫地貶損一番。但她還是「撥冗」參加了羅娜的生日舞會，因為她實在太好奇那個他人口中過分華麗的大廳彩繪玻璃天花板到底什麼模樣。結果她如同所有初次來訪的客人一般，極其緩慢地步上階梯，只為了把大廳的擺設看個仔細。宛若彌補大廳的僭越，舞廳只裝飾了桃花心木鑲板與少許的雕花，枝形吊燈也沒有格外浮誇。

於是，在眾多身穿華服、青春正盛的少年少女身影川流之間，芙蘿拉注意到了那個他。他始終靠在牆邊，心不在焉地一人獨飲，也避開與他人視線交流。但他越不在乎，她卻越好奇，好奇得胸口莫名出汗。他身高並不特別突出，但髮色如向日葵明亮；眉型如兩把匕首銳利，卻在眉間明寫著心事。

芙蘿拉飲盡手上的氣泡酒，也拿起一杯紅酒。她一邊朝牆邊的他走去，一邊琢磨該怎麼開啟話題。在「今天天氣真不錯」與「雖然有點老套，但我們是不是曾經在那裡見過面」之間，芙蘿拉的心思如同杯裡的紅酒來回擺盪；她思量，怎麼樣可以讓他開心一些；而她確信，他的快樂也會使她愉悅。然而，在她開口之前，舞會之夢被詩人兼音樂家的鼾聲所中止。接下來的夜裡，芙蘿拉再也無法從廢棄的聖地亞哥返回泰晤士河畔的華宅宴會。

一定是格林先生的緣故，才讓她想起了遙遠的往昔。雖然格林先生的身高明顯修長許多，個性也更加樂觀開朗，思維比那個人更加靈活，但他們有明度相似的頭髮，子音的發聲方法也相近，也有許多類似的細微表情。比方說，思索時旋轉眼珠的方式。又或者，是因為格林先生現在就處於他們相遇時的年紀，於是觸發了這個懷舊夢境。

夢與現實，總是爭奪彼此的位置。很多年裡，他總是聲稱是自己在舞會走向芙蘿拉，他的堅定令芙蘿拉一度懷疑自己的記憶。他總喜歡表現積極主動，而她身體力行。事到如今，誰走向誰，都無關緊要了。

重要的是，能不能在找到銀蕨之前，從菜園中收成一些胡蘿蔔、番茄、小黃瓜、馬鈴薯與茄子，好讓艾達多增添些菜色。農婦版本的芙蘿拉對鏡中的自己做個鬼臉，然後邊哼著一段吉格舞曲邊下樓走向菜園。

腦中還想著那個年紀的自己，正在那個年紀的弗爾丹特就坐在大門前的階梯上。他雙腳夾著一個玻璃罐，咬緊牙根，努力要旋開蓋子，身旁還有一排瓶瓶罐罐排隊等著。看起來有醃甜菜、醃黃瓜、醃洋蔥跟醃番茄等蔬果。

「早安。」弗爾丹特撥開瀏海，對芙蘿拉打招呼，「我擋到路了嗎？」

「別擔心，請繼續。」芙蘿拉蹲下拾起罐子，搖晃裡面的醃漬物，「這是艾達做的嗎？」

「是的，她說封得太緊，打不開，所以請我幫忙。」罐子發出「啵」的一聲，弗爾丹特換上另一個罐子繼續纏鬥，「這些應該是接下來幾天的午餐或晚餐了。」

芙蘿拉輕聲嘆息：「要是有醃橄欖就好了。」

「妳要去菜園嗎？我等等就過去幫忙。」

「太好了，這裡的雜草長得好快，好像一個晚上就可以抽得比馬尾還長了。」

芙蘿拉剛要出門，背後傳來一陣小孩哭鬧聲：是恩里客在鬧脾氣。為了讓艾達繼續作家事，也為了讓皮耶專注創作，芙蘿拉又折回去跟恩里客說唱逗笑，直到恩里客乖乖睡著。等芙蘿拉終於抽身進入菜園，雜草已經被弗爾丹特清成一堆。此時，弗爾丹特正從農具室拿出三齒耙。堆放農具的棚子原先是牛棚，根據艾達的說法，乳牛們是跟神父一起撤走的，只剩下雞舍繼續使用中。

「艾達說，蘿蔔跟地瓜可以收成了。」弗爾丹特解釋。

南方的氣候溫暖，日照恆定，似乎永遠都是生長季，也永遠都是收成季。在這，芙蘿拉關於作物生長的知識不太準確，種植與收穫的時機都來自艾達的判斷。弗爾丹特費力地把地瓜從地底翻攪出來，芙蘿拉則跟在後面把地瓜與枝葉分離。

「格林先生，我想我找到一塊關於你的拼圖了。」觀察了一陣子弗爾丹特操作農具的方式，芙蘿拉做出結論，「你不是莊稼人。」

「似乎是這樣呢，身體完全沒有相關記憶。」汗水把髮絲黏成一團，為了擦去汗水，弗爾丹特臉上反而沾上了泥土，「農業真是門了不起的學問。」

「真的，我要交代我的兄長們，將來一定要讓小孩學習怎麼耕種。因為你永遠不知道，什麼時候你會到跑到荒郊野外，自耕其食。」

「哈爾曼先生與妳相處時，真是充滿火花與機智。」弗爾丹特笨拙地翻出地瓜叢，「你們是怎麼認識的呢？」

「這是個好問題。」芙蘿拉低吟。

「嗚哇，不想說也沒關係。」弗爾丹特慌忙賠罪，「是我太唐突了。」

「一點也不。」她趕緊用微笑讓弗爾丹特鎮定下來，「正好相反，我們的認識過程恰恰是最值得大書特書的部分。我只是在想，該從哪個時間點說起才好。我們是在加爾各答認識的，但我們怎麼會大老遠跑去那裡呢？嗯，先從我開始好了。

「我們家族從一百多年前就開始經營生意，從我祖父那一代算是略有小成；雖然還沒有獲得正式頭銜，地方鄉親遇見了，還是會客氣稱一聲『紳士』。說了也許你不相信，女皇陛下光臨市議會時，我們家族也受邀出席，我還跟著家人一起到女皇面前說『殿下』。你或許會好奇，我們是經營哪一種生意呢？這真的有點陳腔濫調，就是羊毛。一開始是蒐購附近村鎮的羊毛，賣給佛萊明商人；後來有些經驗了，也開始涉足紡織品進出口貿易。

「雖然家裡的生意蒸蒸日上，但我父親是老三，不是受到器重的老大老二，也不是受到寵愛的老么。所以家族裡面沒有一個重要的位置留給他。他們說，如果我們願意去加爾各答開拓新商機，倒是可以慷慨贊助一筆。所以父親與我兩個兄長：安德魯與亨利，就移居到這遙遠東方了。母親說什麼也不肯跟我們一起來，說東方瘟疫橫行，於是跟妹妹留在家鄉。結果，她反而沒躲過那場地方瘟疫。也不知道到底是天花還是黑死病……」

「噢，我很遺憾。不過，為什麼妳不跟母親留下呢？」

「說不定，我有顆冒險之心？」芙蘿拉自信地笑著，「其實，是因為我比安德魯與亨利聰明多了。一個虛有其表，八面玲瓏但優柔寡斷；一個虛張聲勢，行事衝動不用大腦。只靠他們兩個，爸爸早就灰頭土臉回家求叔叔收留了。」

「那皮耶又為什麼去哪裡呢？」

「噢，說到皮耶，他原本受雇於一位法官，當小孩們的法語還有鋼琴家教，同時試著尋求發表音樂的機會。那位法官曾經嘗試幫皮耶引薦宮廷樂師助手的機會，可惜宮廷樂師們想要會說義大利文的助手。後來那位法官被外調加爾各答，他也就跟著來了。」

「於是，你們就在加爾各答相遇了？」

「似乎是如此。我也需要音樂家教；不幸地，在加爾各答的音樂老師數量珍稀，選擇不多。我敢說，他這輩子從沒有這麼搶手過。連當地的上流人家都想要讓小孩學法語跟鋼琴。」

「咦，加爾各答有出產樂器嗎？感覺要買到西塔琴應該比較容易。」

「真是專業的問題，難道你也是來自商人家庭？大鍵琴這類精密的樂器，必須從歐洲進口。但出乎意外地，位於荳蘭群島的新十字，有幾個作坊出產的弦樂器或木管樂器，品質不算太差，航程也比歐洲進口快，是個受歡迎的替代方案。」芙蘿拉嘆氣，「說快，也只是比回歐洲快。其實還是挺遠的。我就從來沒有去過新十字。老天，就算是在加爾各答，我也從沒想過我會去到比印度支那還遙遠的地方。不是應該有世界盡頭的大瀑布嗎？格林先生，等你恢復記憶，一定要告訴我：為什麼你會在這裡。我想要聽聽還有什麼更荒謬的理由，讓我們在此相遇。」

「說不定，我跟恩里客還有艾達一樣，是這裡出生的？」

「唉呀，我怎麼沒想到這種可能。」芙蘿拉拍掌，「如果是這樣，有機會一定要回來看看。」

「回去哪裡？看什麼呢？」弗爾丹特眨眼。

她歪頭思考：「好像有人說過，如果你厭倦了倫敦，你就厭倦了世界。但對我而言，最漂亮的景色散布在無數的鄉村之間。有無邊無際的綠色草原，延伸在微微起伏的山丘之間，像是和平的綠色海洋。在這，你會看到無數的綿羊優閒散步，或聚集在樹蔭下乘涼。夏天時，罌粟花與矢車菊滿山遍野綻放，彷彿漂浮在草原上的流焰。唉呀，我果然是農村姑娘。」

「聽起來，是很適合野餐的地方。」弗爾丹特處理完地瓜叢，開始挖胡蘿蔔，「所以你們是因為音樂，而彼此吸引了。」

「倒不是一認識就開始交往，他確實追求了一段時間。畢竟，我還是喜歡……個性穩重、認真又可以信賴的人，直到……」芙蘿拉把幾個地瓜不甚規則地擺在眼前，「說這個故事之前，切記，格林先生，當你去到貧窮的街區，千萬要注意自己腳下。小心不要踢到任何東西，也不要觸碰任何東西，以免惹上大麻煩。最好最好，根本不要去那種地方。」

「謹記在心。」

芙蘿拉也換一個菜床，跟在弗爾丹特之後揀選胡蘿蔔：「你喜歡蘿蔔蛋糕嗎？我看看還剩多少麵粉，如果夠用的話，晚上我來做個蘿蔔蛋糕。」

「太好了，我非常喜歡蘿蔔蛋糕，特別是用薑提味過的蘿蔔蛋糕。我們等等也來挖個老薑吧。」弗爾丹特忽然有種熟悉感，腦中浮出一系列甜點的樣貌，以及撲鼻的茶香與可可香氣，神情也跟著甜美起來。

「原來你是個愛吃糖的孩子。」芙蘿拉忖度弗爾丹特到底多常享用甜點，「你願意為一塊蛋糕付多少錢呢？如果只是一塊最陽春的糕餅，我猜，大概五十分，最多一里拉。

「那天，父親與兄長們去探訪一個掛毯作坊，回家路上抄近路，經過一個貧窮的街區。有個路邊的小販熱情貼上父親，硬是切了一塊蛋糕塞到他手上。我父親勉為其難試了一口，實在不喜歡，想付個五十分了事。但那個小販硬是獅子大開口要求十里拉，這當然無論如何都不能接受。」她食指彈了一下擺在跟前的地瓜，「爭執過程，亨利踢到一個擺在路中央的盤子，於是，另一個小販從路邊跑出來，說這是他在販賣的東西，也要亨利拿出二十里拉賠償。隨著爭吵越來越激烈，他們發現自己被當地人團團包圍，然後亨利在慌張之下，對第一個賣蛋糕的小販揮了一拳。啊，我不知道他為什麼總是依靠肌肉，下手又不知輕重，結果竟然把那個小販一拳打死了。於是群眾沸騰，把他們三個抓幾來，就要送到當地的絞首台處決。本來，涉及本國人的案件需要由本國的法官裁決。但他們一時都氣昏了頭，竟然無視法令，打算動用私刑。唉，這種情況，就應該斬釘截鐵地說『我們法庭見』。格林先生，我打賭你也不習慣這句話，要不要現在練習一下呢？自信且穩重地說出來。」

「好的，我試試。」弗爾丹特深吸口氣，努力深夾眉頭，「我們法庭見！」

「勉強及格吧。」芙蘿拉搖頭苦笑，繼續她的故事，「消息傳回家裡，我立刻準備去求救我認識的大人物；但暴民竟然團團包圍我們的屋子，要我們給個『賠償』。這種情況，我怎麼也無法走出屋子，有些本地人幫傭竟然也蠢蠢欲動，想要趁火打劫，偷摸一把值錢的東西。這時候，皮耶如英雄般登場了，那真是他這輩子最英勇的一天。他帶著三個警備隊成員把守我們家大門，那身制服好像有什麼魔法，群眾沒多久就散去了。他說那三位警官是他平常的酒友。穩定家裡這邊的情況後，他火速帶著我去拜訪他的雇主。他的雇主就是法官，這種情況，還有哪位要人比法官還重要呢？沒多久，他們派出了一隊人馬，把父親與兩位哥哥從絞首架前救回來。

「後來雖然花了不少錢善後，但至少，人都沒事。當然，這一切都要感謝皮耶在關鍵時刻出面幫忙。之後，我們就開始交往了。我找尋的，是個可以信賴的人。在我最需要幫助的時候，他就是那個人。就是這樣，為了一天的英勇，我得用餘生來忍受他的輕浮了。唉呀，這是哪門子的虧本生意。看來我也沒多聰明呢。」

「聽起來，你們是註定要相遇了。」他津津有味聽著芙蘿拉的經歷。

「比起命運，我更相信自己呀。」芙蘿拉看著自己雙手，略顯無奈說著，「但他人的命運，我就沒辦法了。希望皮耶與銀蕨，也是註定要相遇。」

「放心吧，我有預感，很快就會找到銀蕨。」忽然，由教堂鐘塔傳來一聲鐘響。弗爾丹特聞聲放下農具：「是艾蓮娜。我們約在教堂前集合，接下來要去森林裡採集標本。」

「等一下，不能再放任你那亂七八糟的頭髮妨礙工作。」芙蘿拉到水桶邊洗淨雙手，「從沒看你把頭髮固定好，讓我幫你整理一下吧。」

「怎麼好意思。」他手忙腳亂想要抓個馬尾，又讓更多泥土沾在臉上。

「蹲下。」芙蘿拉一聲令下，弗爾丹特乖乖半蹲在她跟前。芙蘿拉拿出毛巾把他臉上的塵土拭去：「明明就出身在好人家，怎麼像個野孩子？彈奏魯特琴的方法都記得，竟然忘記怎麼綁頭髮，還是頭髮從沒有留那麼長過？」芙蘿拉用梳子把他髮絲整齊後梳，在後腦勺綁了個短辮馬尾，「好了。」

「非常感謝。」他摸摸自己的馬尾，感到新奇。

「對了，可以請你幫我把這份報紙傳給艾蓮娜嗎？」，芙蘿拉從懷中拿出一份仔細摺疊的報紙，「雖然是晚到好幾天的新聞，還是讓艾蓮娜看一下比較好。」

「沒問題。」他接過報紙，轉身出發。

直到弗爾丹特一路奔去的背影消失在轉角，芙蘿拉才緩緩吐出一句：「一路順風，澤菲爾。」

艾蓮娜有預感，銀蕨就在黑暗的角落裡，散發微光，等待被發現。

她的預感不會出錯，除非那個先知欺騙她，但誰都明白欺騙她的代價非同小可。這趟旅程已經花費太多時間，是時候把那個咒語從虛空之中曳出。遲來的報紙令她心浮。半島大公發表檄文，捍衛教皇正朔，於是局勢趨於緊張，各地皆有零星衝突，海外領地也不例外。艾蓮娜不覺得待在這個廢棄的小鎮，就能真正被外界遺忘，搜尋者隨時會成為被搜尋的對象。

時間不怎麼充裕，她得加快腳步。或許，她該設定一個斷點，階段性總結搜索成果，儘管心有不甘。她從來沒有感覺她離謎底這麼接近了。近在咫尺，只要再一點時間、再一點材料、再一點靈感。

今天探索的目標是礦坑塌陷處。那個地點位於向陽的山坡，由沼氣、硫氣與烈日構成的極端環境，是理想的變異場所，如果鐵線蕨能存活的話。沒有道路通往危地，艾蓮娜只能走在由動物踩出的野徑，地面軟泥散亂著山豬或水鹿的蹄印；球蟒與雲豹的道路在另一個方向。沿途茂盛生長著巨大的野芋，彷彿進入愛麗絲的放大世界。

艾蓮娜回頭看了一眼，弗爾丹特正費力地跟上她的步伐。明顯的，他是個都市小孩，稍微陡峭些的斜坡，他就必須手腳並用，抓著植物的板根與氣根，以及藤蔓才有辦法前行。

路途上出現幾隻野豬斥候，隨即消失無蹤，看起來野豬還沒準備要渡河。反而猴群在另一側山頭喧囂，引起兩人注意。「猴怪的傳說，是真的嗎？」弗爾丹特好奇問。

「那是本地人的傳說，我也不知道是不是真的。故事大概是這樣。」艾蓮娜用開山刀劈開面前的構樹枝蔓，「這附近的叢林是紅毛猩猩的棲息地。原本當地居民和紅毛猩猩相安無事。幾十年前，因為外來商人收購幼獸，本地人開始誘捕母猩猩，搶奪她們的孩子。後來，被激怒的猩猩群起攻擊人類，砸毀農田、殺死牲畜、甚至也搶奪人類的嬰兒。為了平息猩猩的憤怒，村民因此在附近山丘頂端興建寺廟，定期用蔬果供奉猩猩，並且尊稱他們為山神。不過呢，當傳教士進駐村莊後，就命人推倒了猴廟。崇拜異神已經無法忍受了，何況是敬畏牲畜？儘管神父三令五申，本地人還是定期把供品帶往叢林中。如今聖地亞哥已經荒廢了，這傳說應該也差不多該被遺忘了。」

弗爾丹特露出哀傷的神情：「失去孩子的母猩猩一定很傷心。」

「只是傳說，說不定根本子虛烏有。」

「我總感覺，妳今天有點浮躁。發生什麼事情了嗎？」

「把你的觀察力放在銀蕨上吧。」艾蓮娜皺眉盯著弗爾丹特，嘆口氣。「我在河谷找到一株罕見的蘭科植物，如果作成標本，很多收藏家或博物館都會捧錢搶著要。但這株蘭花還沒成熟，我想先放著不管讓它繼續生長一陣子，又擔心別的探險家也找到它。但此時此刻，更重要的是銀蕨的蹤跡。顧此失彼，左右為難，就是這種狀況。」

「咦，這付近還有其他的植物學家嗎？」

「誰知道呢？」

兩人繼續在叢林中摸索前行。在一個陡坡之前，艾蓮娜喊住弗爾丹特，「你在那附近四處看看，這邊土石鬆滑，先不要過來。」

弗爾丹特應聲，轉進附近的草叢尋找銀蕨，於是艾蓮娜又看見了他的背影，或者精確地說，是他的金色馬尾。芙蘿拉幫他綁的髮型，讓艾蓮娜感到一種異樣的感覺。難道，芙蘿拉很習慣幫男人整理頭髮嗎？對於一個陌生男子而言，芙蘿拉是不是過度熱情了？難道，她的先生不會在意這親暱的舉止嗎？艾蓮娜邊想著，眉頭不禁一皺。

明明就是她先發現的。

茂盛的灌木林出現明顯破口，四處顯露新鮮的紅褐色泥土。艾蓮娜來到礦坑塌陷處之前，藍灰色的煙霧不時從洞底散逸而出，悶燒與爆裂交替響起；附近橫躺著劈裂的樹幹，似乎是落雷引燃了礦坑底部的沼氣。她又往前走幾步，只見礦坑甬道內部，混濁黑暗與赤金色焰光彼此吞噬，隱約有火蠑螈、火蛇與其他不知形體的怪獸，對著洞外之人吐信。

「你想過來的話，到我這裡為止是安全的。」弗爾丹特聞訊，希希索索踩著崖薑蕨叢跟上，「看吶！宛若是，地獄之門。」

艾蓮娜話語方落，碰的一聲，弗爾丹特像斷線傀儡似暈厥倒下。

這是演那齣？艾蓮娜嘖了一聲，把昏倒的弗爾丹特移到樹下，然後繼續作業。她搜尋「地獄之門」附近的蕨類植物：腎蕨、鳳尾蕨、崖薑蕨、筆筒蕨、鹿角蕨與山蘇，就是沒有鐵線蕨；然後採集些礦物標本。來自礦坑底部的蒸氣，在洞口附近凝結出許多五顏六色的結晶。

工作告一段落，弗爾丹特依然沒有甦醒。天際遠方傳來幾聲悶雷，灰黑色且厚實的雲層迅速湧生。艾蓮娜又嘖了一聲，把背包換到胸前，然後把弗爾丹特扛起。比起河谷那次，他的體溫與氣息都溫暖許多。艾蓮娜考慮：或許她應該直接把他扔進地獄之門比較省事。

當艾蓮娜正在抗拒把弗爾丹特扔進地獄之門的誘惑，他也深陷地獄之門的噩夢中。噩夢中，仇恨的黑與憤怒的紅，攪起無止盡擴張的痛苦漩渦，引發無止盡的連鎖反應，無限沉淪，直到一無所有。最終，他在荒蕪的黑色礫漠中，祈求一場大雨降下。

等弗爾丹特醒來，他發現自己已經躺在廢棄的教堂裡。外面下著激烈的雷陣雨，教堂內部也下著小雨；濕潤的陣風從破損的玻璃窗吹進，混淆了兩場雨的邊界。

教堂的位置比官邸接近森林入口，於是被艾蓮娜選來作為中繼站，堆放裝備與樣本。除了長板凳之外，她又不知從哪裡湊來幾張桌子作為她的作業檯，上面擺放了瓶瓶罐罐。此時艾蓮娜站在祭壇的燭台旁凝視燭光，分不清是在禱告還是沉思。雖然四周滿布蜘蛛絲與灰塵，唯獨燭臺大致整潔；四根新蠟燭排成一圈，其中一根正在燃燒。

「你醒了？」

艾蓮娜用燭火引燃一小段樹枝，走到工作檯點起一座酒精燈。原來桌上還有一組分餾器，圓形玻璃瓶中盛裝混濁液體。她把酒精燈移在玻璃瓶下方，開始加熱。

「抱歉，又給妳添麻煩了。」他滿懷歉意說著。

「反正，你也只是發揮專長。」艾蓮娜聳肩。

「在那個洞穴前面，我好像突然要想起些什麼，一些很可怕的東西。」

「那你想起來了嗎？」她暫時停下動作，表情嚴肅起來。

弗爾丹特搖頭。

「我相信人類有種追求快樂的本能。如果可以，我也想忘掉大部分的記憶。」艾蓮娜回頭繼續操作儀器，使用不同的陶杯去盛接不同深淺的液體，「或者，你可以用『弗爾丹特』的身分，展開幸福滿溢的新生活。」

他想了一下，幾乎就要開懷笑出：「真的可以這樣嗎？」

「當然不行，笨蛋。生而為人，你就是要承受那些可以摧毀你的歷史、記憶與命運。你必需要發揮你的自由意志，不斷去面對它、挑戰它，直到……」艾蓮娜語氣轉為戲謔，「你被澈底壓碎。」

艾蓮娜一席話，使弗爾丹特幾乎嚇傻：「這世界，怎麼如此殘酷？」

「沒人告訴你嗎？小王子。」她指著空無一物的天花板，「這樣的世間，還有你掙扎的醜態，就是坐在永恆寶座的那位先生想要欣賞的。」

弗爾丹特也望著空無一物的天花板，良久。

「妳很虔誠。」

「虔誠？」艾蓮娜忽然仰頭大笑，虔誠這字眼觸動她的神經，「我喜歡你的幽默感，但這誤會太大了。看好。」她信步走到一扇只剩骨架的破窗前，左手隨性一揮。說也神奇，散布地板的玻璃碎片一塊塊貼回窗框上，眨眼工夫已經回復成完整的玻璃窗。艾蓮娜右手從桌上抓起一把粉塵，朝玻璃窗揮去。接著原本透明的玻璃窗浮現各種色彩，構成一幅耶穌飛昇的彩繪玻璃畫，「禮讚唯一的上帝，無法引動這樣的奇蹟。特別是在這險惡的化外之地，我呼喚更多的名字。」

弗爾丹特模仿她的方式，把手臂緩緩舉起：「那些名字，回應妳的呼喚嗎？」

「有時候。」

「太厲害了！」弗爾丹特欽佩地看著艾蓮娜，「沒想到，妳身兼鍊金術師。」

「少見多怪。許多出色的科學家，私下也鑽研鍊金術。」

艾蓮娜倏爾恢復冷靜，走回去繼續操作分餾器，「總之，就算你忘記了自己的名字，往昔的陰影也只是換張臉皮，再悄悄從背後攫住你。」

她的警語，果斷如神諭，使弗爾丹特臉上蒙上陰影。

「當我落入過往的深淵，妳會接住我嗎？」

艾蓮娜頓了一下，左手插進口袋，像是在確認某個東西在不在，「說不定，我就是攫住你的那道陰影。」

弗爾丹特搖頭苦笑，「那就糟糕了，如果是妳，我一定跑不掉。」

「沒志氣。」她把標籤黏在玻璃瓶上，寫上名字，「你快幫我找到那株傳說中的銀蕨，說不定我會改變主意。」

「全力以赴！等雨停，我們就再出發吧。」

「先從不要毫無預警的暈倒開始。」

「對了，剛剛說到妳呼喚的名字，這些名字，有哪些呢？」弗爾丹特對艾蓮娜的神奇力量表現高度興趣。

「先告誡你，別在他人面前討論這類異端信仰，徒增麻煩。這些名字，有些廣為流傳，有些高度禁忌。說來湊巧，如果你想要控制開花植物，要呼喚的名字就是芙……」

芙蘿拉急促地推開大門，打斷兩人對話。她一邊調整呼吸，一邊氣喘吁吁說道：「太好了，你們在這！大事不好，恩里客被擄走了！」

「怎麼一回事？」弗爾丹特緊張地問。

「你們外出的時候，有隻大猩猩忽然闖入，咬傷了艾達。一開始，我跟皮耶在房間內聽到她從一樓發出慘叫。等我們趕到現場時，只見到一隻全身火紅的大猩猩強抱住恩里客，而恩里客哇哇大哭。那個猴怪看見皮耶手上有槍，轉身就跑，皮耶也立刻追了出去。我看艾達的傷口汩汩流出鮮血，只能先幫她止住出血、包紮傷口。艾達現在沒事了，但也暫時無法行動。但現在該怎麼辦？我要去哪裡追皮耶還有恩里客？」

「在山頂上。」艾蓮娜走出教堂，指著不遠處一座陡立的山丘，「猴神廟，就在那裡。」

「妳怎麼確定？」儘管內心沒有主意，芙蘿拉對艾蓮娜神諭示般的肯定有所疑惑。

弗爾丹特也跟著走出室外，一起望向山丘：「相信她的直覺吧，因為她是……」他眼珠轉了一下，「因為她是科學家。她在山林中待最久，最了解動物生態。」

所幸，雨勢漸歇。艾蓮娜一行人踩著泥濘的山路，狼狽又匆忙朝山頂的猴神廟出發。泥巴與泥水從四面八方濺得他們一身濕，汗水也在臉上身上流出一條小溪。中途弗爾丹特數次打滑摔倒，但他立刻搖晃爬起，沒讓自己拖累艾蓮娜與芙蘿拉的腳步。

他聽著自己的喘氣聲，像雷聲響亮充盈著雙耳。他看見前方布滿泥坑的爬坡，母猩猩的憤怒，與地獄之門的火焰，兩者的影像在他心中交疊在一起。偏偏這場讓他們舉步維艱的雷陣雨，沒有澆熄任何一處野火。

終於，在體力耗盡前，一行人氣喘吁吁趕到山丘頂端。時過境遷，所謂的猴神廟也只剩一塊相對平坦的地基，由四五塊大石頭組成。猴神廟附近空曠，稍遠處才有灌木叢，而皮耶就守在那灌木叢後面。一行人碰面後，皮耶指著祭壇石基上的紅毛猩猩，開始解釋情況：

「那母猩猩一直想要餵奶，當然那小鬼早就過喝奶的年紀了，只能一直鬼吼鬼叫。現在那小鬼似乎哭累了，又睡著了。那隻母猩猩抱著小鬼，就坐在石頭邊邊。但有個麻煩：在那石堆之後，是個峭壁。那猩猩或許有辦法沿著峭壁跑走，我們卻萬萬無法追下去。所以我只能暫時守在這裡，避免驚動牠。」

「等到它失去興趣嗎？」芙蘿拉問，「難道槍管進水了？」

「別忘記小孩在它懷裡，妳什麼時候這麼信任我的槍法了？」他指著灑在灌木叢之前的蔬果：香蕉、木瓜與番茄，「或許這些東西可以吸引牠注意？再等一下吧。」

「你也放太遠了，牠看得到嗎？」芙蘿拉依然有疑慮。

「妳那緊張兮兮的模樣，一定會嚇得牠往懸崖跳。然後牠記得我手上有槍。」

「我有個配方，可以解決眼前的困難，只是不保證母猩猩的性命。」艾蓮娜的表情跟語氣略顯不耐，打算直接讓眼前的難題消失。

「還是繼續皮耶的誘餌計畫好了。」弗爾丹特打斷艾蓮娜的配方，自告奮勇擔任送禮的親善大使，「讓我來吧。」

「太好了，小夥子。你有種讓人放緩情緒的氣場。你就保持平常少根筋的模樣，把水果送過去吧。」皮耶拍拍弗爾丹特的肩膀。

弗爾丹特對皮耶緊緊握在掌心的手槍感到不安：「對了，我希望就算恩里客安全了，也不要使用那把槍。」

皮耶攤手錶示：「沒問題，我對狩獵一點興趣都沒有。」

弗爾丹特撿起地上的蔬果，極其緩慢地走向石座。他深呼吸，喃喃低語著：「當時間之所以是時間……」彷彿魔法般，大猩猩完全沒有留意弗爾丹特，任由他慢慢接近，只專注懷裡的恩里克，像個母親。

他在石檯的另一端坐下，一一把蔬果用衣襬擦拭乾淨，整齊擺放在身邊。他指尖輕敲著石板，若有似無唱著搖籃曲。或者，大部分的時間裡，他就只是安靜坐著，看著天空或腳尖。不是等待，也不是沉默地敦促些什麼，就只是坐在那邊，任由時間悄悄流過，任由沉默保持沉默。

他聽見自己喘氣聲，還有芙蘿拉與皮耶的呼吸聲，隔著灌木，有點混濁。他聽見遠方滾動的雷聲，時遠時近。他聽見母猩猩發出呼嚕聲逗弄恩里克。風依然濕潤，但他身上的熱汗逐漸止息。天氣迅速變換，時而雲霧繚繞，伸手不見五指，時而放晴，甚至可以從山嶺起伏之間瞥見一小塊湛藍海洋。逐漸，隨著呼吸聲平緩，從山谷再度揚起蟲鳴鳥叫，與猴群的呼喚。

不知過了多久，最終，大猩猩把恩里克留在石檯上。它從弗爾丹特身邊取走一支香蕉，然後緩緩離去。

等大猩猩的身影澈底消失，芙蘿拉與皮耶再也按捺不住，從灌木叢奔向弗爾丹特，興奮地揮手。

「太好了，格林。」

「漂亮，小夥子。」

弗爾丹特鬆口氣，擦去額頭上的冷汗。他抱起恩里克，眉開眼笑地走向芙蘿拉與皮耶。

忽然，厚重的雲層打下一陣青雷，強而有力地猛擊在石座上。強光過後，隆隆巨響，雷擊兇猛撼動山岳，天與地同時劇烈搖晃，恩里克再度被嚇哭。弗爾丹特雖然僥倖沒被雷擊直接打中，但周遭的地層竟然開始滑移。他當機立斷，拔腿狂奔，但視線卻下陷得更快。

「快過來，格林！」芙蘿拉驚叫，眼見弗爾丹特離他們越來越遠。一道怎樣也跳不過的裂痕橫跨弗爾丹特跟他們之間，而且還在迅速拉大。萬不得已，弗爾丹特奮力把恩里克丟向芙蘿拉，然後與失根的地層一起失速下滑。

芙蘿拉與皮耶成功撲接住恩里客，卻眼睜睜看見弗爾丹特掉落懸崖。

「小子，回來啊。」皮耶大吼。

掉落的弗爾丹特，雙手本能揮舞，緊抓任何可以緊抓之物，哪怕只是最柔軟的青草。倏然，他偶然抓住了藤蔓，或者說是幾條堅韌的藤蔓有意識地纏住了他的雙臂、接住了他的腰。

他停止下墜。

「小夥子！」

「弗爾丹特！格林！你在哪裡？」

頭頂上傳來芙蘿拉與皮耶驚惶的探問，與恩里克的哭聲。弗爾丹特小心翼翼地再次睜開雙眼，領悟自己還沒進入另個世界。他接著確認雙腿有夾在穩固的石塊上而不是懸在半空中，救命的藤蔓也沒有鬆弛跡象。他感受到有什麼東西在臉龐摩娑，於是他微調焦距：烏亮的葉柄、青翠的貝殼狀葉面、銀灰色的金屬感葉背、搖曳如同宮廷華爾滋、不是骨碎補。他興奮大叫：

「這裡！這裡！我在這裡！這裡有銀蕨，銀蕨也在這裡！」

第九章

有了銀蕨這座靈感泉源，皮耶很快完成了銀蕨十二首舞曲的初稿。

為了回應艾蓮娜的幫助與期盼，皮耶在聖地亞哥的官邸客廳展開第一場非正式發表，全員再次正裝出席。表演開始前，恩里克又開始哭鬧，艾達只好帶恩里克到外面散心，因此由艾蓮娜與弗爾丹特擔任唯二聽眾。初稿版本的銀蕨舞曲只有基礎的奏鳴曲形式，由芙蘿拉彈奏大鍵琴的低音部，皮耶負責小提琴高音部。皮耶希望日後可以以交響曲的形式正式公演。

各位潛在聽眾，請容在下省下描述旋律的筆墨。銀蕨舞曲的美妙，還是留給觀眾們親身體驗為佳。說也神奇，雖然這座鎮長官邸正無可挽回地奔向黯淡方向，表演中的皮耶與芙蘿拉卻彷彿站上了維也納或倫敦哪座宮廷劇院。燭火之後的黑暗有猩紅觀眾席縱橫羅列，上頭坐滿觀眾；裝飾柱上的金漆輝映燭光，沿著銀質莨苕一路閃爍到穹頂的油彩壁畫。而坐在交椅上的艾蓮娜與弗爾丹特，自然就是隱密包廂中的紳士與淑女，欣賞音樂之餘，一面低頭品嚐美酒。

美酒，都是美酒。一定是艾蓮娜私藏的紅酒，給了所有人一個豪華的幻夢。十二首舞曲終了，艾蓮娜難得卸下撲克牌臉，激情站起鼓掌，又拿出一支珍藏的貴腐葡萄酒。皮耶喝得興起，又從頭用大鍵琴獨奏了一次最初版本的銀蕨舞曲。直到整座聖地亞哥再也榨不出一滴葡萄酒，宴席才不得不結束。

酒酣臉紅的弗爾丹特回到房間，胸口若有東西鼓脹著，難以入眠。銀蕨舞曲的旋律在左耳持續迴響，右耳則吟唱著艾達的法朵民謠。他倚在牆邊，闔眼朝著空氣撥奏交錯的旋律。忽然一陣酒力襲來，讓弗爾丹特昏沉趴在書桌上睡去。

不知過了多久，窗外一陣夜風吹醒弗爾丹特。他踱步到窗邊，此時聖地亞哥深沉得像是不再醒來的睡美人。他仰望天空，雲層快要遮不住後背的皓白月光。忽然，他看見一條人影從鎮長官邸離開，徐徐走向市中心。雖然身穿朱紅色斗篷，毫無疑問，那穩健的步伐就是艾蓮娜。

這麼晚了，她要去哪裡？按捺不住好奇，弗爾丹特披上斗篷，也跟了出去。雖然街道布滿露水冰涼，為了追上艾蓮娜，弗爾丹特沒多久已經汗流浹背。最終，朱紅色斗篷走入教堂。弗爾丹特躡腳走到教堂門口，正打算從門縫一探究竟，耳邊卻傳來一陣如藍莓甜美的聲音：「都跟到這裡了，進來吧。」

此時，教堂地板、桌面與板凳上擺滿蠟燭，燈火輝煌，宛若遲來的子夜彌撒。艾蓮娜脫下斗篷，神采奕奕站在祭壇上。她橙色的雙眸此時宛若火焰。

「歡迎蒞臨，女巫的盛宴。」她的聲音隱約在大廳迴響。

「女巫的盛宴？」他帶著遲疑走進大廳。

「我不是向你表演過了？別說你連這也忘了。你還沒發現嗎？弗爾丹特，你看見魔法與女巫的反應太鎮定了，彷彿你過去與之為伍，習慣成自然。」

「難道，是妳召喚我來這裡嗎？」弗爾丹特審視祭壇上的魔法陣，還有安置在線條交界處的各色礦物粉末：硫磺、硼砂、青石、磷粉、碘粉、石墨、銅綠、雹石、黑曜與貝殼沙。

「我明明施咒讓所有的人今晚睡得香甜，你自己要追來的。」她張唇想要繼續說下去，卻凝視著弗爾丹特的五官，良久，才宣告：「但放心吧，今日的儀式不需要祭品。」她指著台前的一個空位要他坐下，長凳上還擺放著一排栩栩如生的動物石像，有果子狸、熊狸、大冠鷲與飛鼠；這些動物的神情猙獰，彷彿是驚恐咆嘯的瞬間被凝固定格，「也好，這即將現世的偉大魔法，需要見證者。你就再當一回觀眾吧。」說著，她取來一個玻璃杯，從口袋中掏一個錫製的扁燒瓶，倒滿咖啡色的液體遞給弗爾丹特，「蘭姆酒。」

弗爾丹特心跳加速，分不清是恐懼還是興奮。或許正如艾蓮娜所說，他鎮日與魔法為伍，而他所遺忘的記憶與魔法，此刻正在蛹動。他嚐了口蘭姆酒，甜得像要灼傷喉嚨：「是怎樣的魔法呢？難道跟銀蕨舞曲相關嗎？」

「創造星星的魔法。」她食指比向天空，「你知道，人的命運起伏與星辰運行息息相關。如果你能創造專屬你的星星，投射在你想要的軌道上，你就能改變命運。沒錯，這就是能扭轉命運的終極魔法，挑戰諸神的棋局。能讓乞丐成為國王，蕩婦成為教皇！古往今來的偉大魔法師，從沒有人能創造出真正的永恆之星，除了我之外。遠古的傳奇：阿那克西曼德曾經嘗試，但他沒有成功造出新星。」

「創造星辰的奇蹟，那不是神的權柄嗎？」

「像普羅米修斯那樣奪取神的權柄，不就是魔法師的天職？」

「那這與銀蕨舞曲，以及哈爾曼夫婦，有什麼關係？」

「噢，弗爾丹特，弗爾丹特，這問題問得太好了。」艾蓮娜興奮的神情近似癲狂，「創造星星的咒語，從沒有人發明，當然沒有典籍記載。你說我該從哪裡下手？人們常說，知識就是真理，而真理來自真理本身。但如果沒有人譜出第一份抄本，我要去哪裡找尋這咒文？沒錯，我得自己想出來，但真理比任何寶石都善於躲藏。我費了些工夫，找到當代最厲害的先知。『哪裡有創造星星的咒語？』預言家終於從虛無中看見波動，『遙遠極東，日升之處，吟遊詩人正在找尋繆思女神，為了譜寫一年份的歌謠。當吟遊詩人唱出風的十二個方位，妳將抵達第十三月。』就像你說的，意義來自互動。皮耶的靈感成就我的靈感。我終於完成了創造星星的咒語。」

他花了點時間理解她的敘述：「也就是說，妳為了找尋靈感，大老遠跑來這裡協助皮耶尋找銀蕨。但是，這過程本身已經非常了不起了。妳不是已經主宰了妳的命運嗎？」

艾蓮娜嘆氣：「當然，還是有無法控制的部分……」短暫哀傷後，艾蓮娜再度打起精神，「總之，你已經知道了來龍去脈，不管你以後會不會想起你是誰，現在就好好坐在那裡，見證我的奇蹟吧！」

「萬分期待。」弗爾丹特以微笑表示支持。

主客再度定位，弗爾丹特屏氣凝神，艾蓮娜閉眼專注，虔敬地像個少女禱告。周圍的燈焰發出細微嗶啵聲，接著慢慢湧現幽微吟唱。吟詠聲逐漸放大，最終，艾蓮娜雙手高舉，清亮朗誦：

傷心畫成的森林是什麼色彩
希望築成的城堡是什麼輪廓
一段旋律需要轉幾次調才能獲得新的臉龐
相遇與分離是否早已刻在星星上

話語如鵝卵石墜入湖心，在陣勢中央捲起旋風。旋風颳起地上的礦粉，在半空中持續旋轉、加速旋轉、加速再旋轉。黑色旋渦在運行過程逐漸收攏成一顆球狀物，體積也漸次向內壓縮。忽然，話語的鵝卵石抵達天花板，魔法的波動戛然而止，風牆潰散，礦球散離成沙，灑落地表。所有的燭火都熄滅了，黑暗的教堂大廳陷入難受的沉默，比夜還黑。沉默良久，月光終於滲入；沿著月光媒介，依稀傳來艾蓮娜啜泣聲。

「弗爾丹特，你在哪裡？我已經這麼努力了，為什麼總不見你伸出援手？」

艾蓮娜垮坐地上，把頭伸埋膝蓋中。弗爾丹特循著哭聲，蹲到艾蓮娜身邊。人造星的意義，彷彿迴力鏢繞了一圈後，終於命中他心底。在艾蓮娜挑戰失敗後，他開始明白她的決心與勇氣。

「艾蓮娜，別放棄。讓我們再試一次，好不好？」他輕聲安慰。

「失敗一次不夠，再失敗一次嗎？」艾蓮娜的聲線浸滿淚水。

「不，這次不會失敗。」

「你確定？」

艾蓮娜抬起紅腫的眼，半信半疑看著弗爾丹特。那眼神中燃起的一絲希望，讓弗爾丹特忽然有種衝動，無論如何要把安慰轉化成事實。他站起來，拿起玻璃杯，一邊煞有其事地轉著杯中的蘭姆酒，一邊來回踱步。

「失敗有失敗的原因，成功有成功的理由。先知的預言像是隱藏寶玉的珍珠牡蠣，我們需要換把鑰匙，才能解開這謎底。而我們已經快要抵達終點了。」

弗爾丹特一口飲盡所有的蘭姆酒，擅自拿起艾蓮娜的錫質酒壺，幫自己斟滿。不行，他不能再繼續無止盡地堆砌廢話，否則艾蓮娜就要看穿他其實毫無想法了。為了爭取時間，他再次豪邁灌入嗆鼻的蘭姆酒。噢，該死的甘蔗。高濃度的酒精讓他腦袋瓜腫脹，彷彿潰堤在即的水壩，有什麼東西迫不及待想要飛湧而出。

「讓我們回到銀蕨舞曲，一部作品，區分為形式與內容。銀蕨舞曲的形式是什麼呢？是奏鳴曲形式，最少需要兩個聲部。」他拍掌大叫，「對呀，形式，就是形式！演奏的人是芙蘿拉與皮耶兩人，聽眾也是我們兩人。兩人，兩聲部。」他豎出兩根手指，「這個造星的奇蹟，需要兩個人一起詠唱咒語才能完成。而這另一半的咒語，需要我來完成。原來如此，原來如此！說實話，聽完今天的音樂發表後，我腦中一直浮現意義不明的文字；現在推斷，一定就是這造星魔法的剩餘片斷。」

艾蓮娜先是狐疑地看著弗爾丹特，然後仰頭大笑。

「你這半調子魔法師，我真想看看你師父到底多會裝模作樣，才能把你教成這德性。」艾蓮娜站起身子，也幫自己加了杯蘭姆酒，「既然這樣，你那急就章的咒語，已經想好了嗎？」

「我不確定我過去是不是魔法師，但我確信我腦中有文字正在浮現。」他倒舉飲盡的空杯，在自己頭頂轉圈，希望可以網羅腦海中正在閃爍發光的字母，「再一下下。」

他忽然有個怪念頭：如果把整座城市的水源都變成蘭姆酒，似乎挺有趣的。

艾蓮娜抓住他的手腕，連著玻璃杯一同拉曳到桌面。她又給弗爾丹特添滿蘭姆酒：「最後一杯。」

接著，她轉身去重新布置魔法陣，弗爾丹特則在空中比劃字句。

「我能問個問題嗎？是什麼讓妳這麼執著於創造出自己的星星？」

艾蓮娜用一聲淺笑，讓弗爾丹特理解自己問了個不會有答案的問題，「解開這個謎底的人，可以成為亞細亞之王。」

他噢了一聲。

「好了沒？」艾蓮娜站在魔法陣的一側，平舉雙臂。

「可以了。」弗爾丹特站上另一側，也學艾蓮娜平舉雙臂。

她深吸口氣，自嘲說道：「我一定是喝多糊塗了，才陪你瞎鬧。」

他青色的雙瞳熱切地凝視艾蓮娜，星光已經開始閃耀：「會成功的，別擔心。一切都會好起來的。」

「只願你的咒語比你的甜言蜜語還厲害。」

他莞爾聳肩。

艾蓮娜再次低聲吟唱，拉開序幕。等到基礎文本建構完成，她開嗓誦讀：

傷心畫成的森林是什麼色彩
希望築成的城堡是什麼輪廓
一段旋律需要轉幾次調才能獲得新的臉龐
相遇與分離是否早已刻在星星上

弗爾丹特也同步朗誦：

何種請求足以割離水底陰影
戀人的耳語是達摩克利斯之劍
淚水能癒合一切傷痕的人魚
無法再次歌唱

話語落下，卻悄然無聲。當艾蓮娜勉強出來的精神即將再度崩落，窗外的雲層終於完全消散，一時滿盈的銀色月光充塞大廳。弗爾丹特見了此景，不禁脫口讚嘆：**今晚的月色，真美**。

最後一塊拼圖終於補上；虛空的虛空中，琴鍵落下，敲響琴弦，揚起漣漪。

陣中的礦物粉末再次飛揚，在半空中旋轉、凝聚、成形。在運行中，礦砂收束成一團礦球，宛若一顆行星；這顆高速自轉的星球，它的熱帶、亞熱帶、溫帶與極圈用不同的速度運動著；表層與內核也以相異的速度運動；相異頻率的漩渦圍繞著同一個核心。於是內外上下高速磨擦，把礦砂磨成最細微的粉末；原子粉末持續摩擦生熱，旋轉的礦球開始融解。石漿持續在旋轉中對流沉澱，顏色轉為暗紅。一些元素接著被高溫氣化，在球體表面形成一層瀝青色的氣體雲。氣體雲緊緊包覆橘色星球，星體一時黯淡無光。但星球持續旋轉，黯沉的大氣層逐漸轉為淺灰色。最終，星球的熾熱在氣體雲上扎出無數小孔，無數細微的光柱刺穿大氣層，彷彿由鑽石組成的海膽。但這顆旋轉的鑽石海膽，不是反射外部打光而璀璨，而是來自核心的光芒使它耀眼。

新形成的星星開始散發自己的力場，使得周圍景物逐漸扭曲變形。弗爾丹特感到腳跟有點飄浮感，不禁握緊艾蓮娜的手掌。下個瞬間，空間流動轉換，兩人已經跟著新星快速升空。

新星迅速但安靜地朝天空飛昇，俯瞰下的聖地亞哥的廢墟像是個模型鄉鎮；群山之外，海港城市格拉那達也緩緩浮現。隨著高度持續增加，整座島嶼——拉朱比亞，也盡入眼下。弗爾丹特望向月亮，飽滿的月球將黑夜染成黛青色；高空的冰晶在月亮周圍環射出一輪巨大的月暈。月光灑落海面，加上新星的光芒，描白波浪前緣，宛若銅版畫版本的浪紋。環繞在魚鱗狀浪紋中的拉朱比亞像是緩慢游動的海龜。新星持續飛昇，越來越多的海龜加入遨遊的隊伍。

「該讓星星離開了，艾蓮娜。」綻放的星光讓弗爾丹特看不清艾蓮娜，他不禁提高音量，「不然我們也要變星星了！」

「我知道，我知道啊。」艾蓮娜鬆開右手，「閉上眼睛不要看，我要把名字寫在星星上了。」

他又仔細端詳了自己創造出來的星子，如此璀璨瑰麗，近在咫尺，誰能捨得放飛如此美好的相遇？於是他模糊地理解，艾蓮娜所謂無法控制的命運，必然就是人與人之間的聚散無常。但這是何等反諷，想要扭轉離散的星子，卻又在釋放星子的過程再體會了一次苦澀的分離。

弗爾丹特把艾蓮娜沒鬆開的那隻手抓得更緊。他禁閉雙眼，儘管新星的耀眼使他根本看不到另一面的艾蓮娜。只聞艾蓮娜重複低語：吾愛，永別了，吾愛，永別了，吾愛，永別了，今日，今時，永別了……

道別的星子再次加速，朝虛空的宇宙遠颺而去。隨著自身與星子的距離快速拉大，弗爾丹特與艾蓮娜逐漸脫離新星力場，朝新星反方向緩緩下墜。新星的莊嚴寧靜遠離，高空的風嘯轉瞬盈耳。弗爾丹特感覺臉上有水珠滑過，他偷偷睜眼：是艾蓮娜正在嚎啕大哭。她雖然嘗試掩面拭淚，淚水依然氾濫，一顆一顆滑落空中。弗爾丹特假裝沒看到沒聽到，默默陪著鹹味的雨水降下。

直到降落地面，艾蓮娜依然持續低泣。弗爾丹特牽著艾蓮娜微微濕潤的手，走過寂靜的街道。小鎮依然深陷熟睡的咒語，連野豬、貓頭鷹、蝙蝠、夜蛾、樹蛙與蟋蟀都在巢穴中安睡。只有兩人踩著枯葉的沙沙聲一路走回官邸。

回到官邸，艾蓮娜終於停止哭泣。但她還沒有回復成那個嚴肅的生物學者艾蓮娜。她引領弗爾丹特進入她的房間。無需燭火，房內也被月光照得明亮。她放下頭髮，深棕色的捲髮在月光下看起來像流動的蜂蜜誘人。

她把他靠在牆邊，把自己靠在他過分纖細一點都不厚實的懷裡。弗爾丹特起初有些猶豫，小心翼翼把手掌輕放在艾蓮娜的肩胛與腰間，彷彿對待易碎物；他從她髮間嗅到一陣香豌豆花香，血清素的波動讓他溶解失控，把艾蓮娜緊緊摟住。她抬頭望向弗爾丹特，黃橙色的瞳孔比柑橘誘人摘取。他低頭，鼻間蹭上她臉頰、耳後與頸畔。艾蓮娜雙手環繞他後頸，直接把弗爾丹特的雙唇帶向自己。更濃郁的花果香迎面撲來，他感到全身發熱膨脹。

艾蓮娜把他帶到床上，自己則跨坐在弗爾丹特身上。她脫去他上衣，嗅了一下領口；果然，他像清水似沒什麼味道，就算是汗水發酵的氣味也淡薄，但她喜歡清淡，偶爾。她也脫下上衣，露出一對小巧玲瓏的乳房。他把臉埋進山谷間來回摩擦，然後舔舐櫻桃色的乳暈。她發出陣酥軟低喃。她也捏著他覆盆子色的乳頭，癢得弗爾丹特發笑。

「男人又不餵奶，留下這個的功能是什麼？」

「辨別正反面？」他笑答，臉頰泛紅。

艾蓮娜改用指尖來回挑逗他乳頭，換他發出陣舒服的呻吟。她來回扭動臀部，直到蜂巢滿溢蜜水，把自己與他都弄得黏濕。有些地方必須給予，有些地方必須收容。

激情過後，兩人終於躺在同一個平面上，腳掌依偎著腳掌。這時他注意到，床頭櫃上擺滿了盆栽，但全都種植著同一種仙客來。弗爾丹特轉身過去觀察，仙客來正綻放白色但有銀灰色鑲邊的花朵。

「好漂亮，是妳種的嗎？」

艾蓮娜嗯了聲回應。他想轉身回來，她卻按住他的肩頭，撫摸著他的背脊。

「你背後有一道好長的舊疤，小時候受過重傷？」

「忘了呢。說不定，想不起來比較開心。」

「但傷口有好好癒合。你也不想知道，是誰仔細縫合了這道傷痕嗎？」

她鬆開他的肩膀，讓他靠回懷裡。

「艾蓮娜，不是妳真正的名字，是吧？」

「你該高興，你認識的是艾蓮娜。何況，你也不是真正的弗爾丹特。」艾蓮娜順撫著他的髮絲，然後摘下一根頭髮。原本金色的髮絲，瞬間轉為深紫，歸於黑色，「瞧，這才是你真正的顏色。不論是誰的把戲，讓你作了這個長夢，都是時候醒來了。」

訝異之餘，弗爾丹特也想從她身邊找尋一綹掉落的髮絲，但被艾蓮娜阻止了。

「別費心思了，我原本就長這個模樣。」

「好的，我明天醒來再來繼續回憶。」

「你很幸福，就算跌倒了，身邊也有人陪著。」

「就像現在有妳在身邊。」

「嗯，就像現在唷。」

她在他額頭上親了一下。弗爾丹特感覺今天的使命都完成了，昏沉睡去。凌晨陽光一度搖著他的腳趾頭，令他朦朧張開一隻眼睛。半睡半醒之間，他宛若看見艾蓮娜背著他坐在鏡台之前化妝，鏡子裡的艾蓮娜是另一張他陌生的臉孔。她從一只飾以金絲鑲嵌的黑盒中變出粉底、口紅、腮紅、眼線、假睫毛、眼影與五顏六色的亮粉，彷彿要趕赴一場嘉年華。他覺得這應該是場夢境，於是側身繼續熟睡。

當弗爾丹特清醒時，已經日正當中，而床邊沒有艾蓮娜。他叫喚她的名字，沒有回應。他還顧房間，有些東西消失了，比方說床頭櫃上的所有仙客來盆栽與收納化妝品的黑盒（如果化妝的艾蓮娜不是夢境）；但留下的物件，他不知道哪些屬於艾蓮娜，哪些原本就在這裡，像是掛在床頭的銀鍊子。弗爾丹特忽然有種心被掏出的恐慌感，他或許可以到其他房間、客廳或廚房找尋艾蓮娜，或許他可以向芙蘿拉、皮耶跟艾達詢問她的蹤跡，甚至到教堂或與她一起走過的山野間呼喚艾蓮娜。但同時，他內心明白，艾蓮娜已經離開了。

他把頭埋進她躺過的枕頭，那裡還藏有一絲香豌豆花香，隨即澈底消散。

艾蓮娜已經離開了。

他走進隔壁的書房，期盼萬分之一的機率：說不定艾蓮娜就在那裡幫盆栽澆水，還要冷語斥責他大驚小怪。但他內心明白，這不可能發生。果不其然，書房也沒有艾蓮娜。微風從中庭陽台吹進書房，掀開桌上書頁。該是夾在書本之間的草葉標本散落滿地；神奇的紙盒不再騷動；而書櫥上的昆蟲標本，像是歷經千年般蒼老吃力。

那女孩已然離去。

弗爾丹特深感自己被拋棄了，宛若幼獸般無助。他走到窗邊，想要找尋他們創造的星體。但旭日高照，不見繁星。

他在文件離散的桌上看見一個反光物：一個鐵盒。他沒印象看過那個鐵盒，於是拉張椅子，坐下來檢查。一只長方型壓花書籤放在鐵盒上，完美對齊鐵盒的直角邊緣，旁邊還放了一把指甲大小的鑰匙。那書籤的花朵是由艾蓮娜的仙客來製成，白色帶銀灰鑲邊的花瓣，夾在兩片比蟬翼還纖細的玻璃中。他謹慎拿起書籤，腦海中浮現「那陣清晨的雨滴還在降落」。這就是仙客來的名字。

他打開鐵盒，裡面有一個大鍵琴造型的音樂盒，金屬表面拋光如鏡。大鍵琴的琴蓋被一只小鎖鎖住。

他忽然頓悟，這音樂盒代表的意義。他把鑰匙插進鎖裡，深吸一口氣，「喀擦」一聲轉開鎖。

第十章

離別不過數月，南隆灣變得更加繁榮。不只進出港口的船隻增加，廢棄的屋子都被修葺，先前是空地的地方紛紛豎起新的樓房。在這欣欣向榮的景象裡，陽光與港灣波光都更加閃耀，煙花木的粉紅花簇也更加香甜，只是原本就多曲狹小的巷道，也顯得更侷促不合時宜。

藍鸚一邊站在二樓觀察南隆灣的變化，一邊幫陽台上的盆栽澆水。上回，她懷著忐忑不安的心情，把枯死的藍杜鵑花帶去新十字；這次，她把一盆新的藍杜鵑花的盆栽帶回家。在原先那株杜鵑花被藍鳶復活後，她取了幾段健壯的枝條，扦插培育出數株幼苗。她相信，這批幼苗長大後，一定也會綻放藍紫色的花朵。藍鳶的魔力，肯定也在這些新發的杜鵑花裡流轉。

「藍小姐，午安。」

走上二樓的泰勒先生對她打聲招呼。

「原來是泰勒先生，我還在想是誰的腳步聲。」藍鸚放下水壺，也對泰勒先生點頭致意。她還不習慣這位貴客。泰勒先生是借住家裡的外賓，因為接待外賓的會館正在整修中，而這擴建的工程，就是他的工作項目之一。泰勒先生是位建築工程師，主要任務是加固山頂上的碉堡砲台，還有興建荳蘭群島聯合公司的建築群。除此之外，他也接了許多大戶人家的私人委託，南隆灣一時增添許多文藝復興風格的正面山牆。

「我不小心拿錯藍圖了，只好跑一趟。」他拉著領口給自己搧風。

「唉呀，真是辛苦了。」

泰勒先生途經藍鸚，匆匆進房拿東西。藍鸚繼續幫其他的金桔與蘭花盆栽澆水。他的身高總讓藍鸚感到壓力，彷彿他是個巨人，或她是個矮人。南隆灣的人私底下不稱呼泰勒先生「紅毛」，因為他茂密的頭髮與髯鬚皆比當地人烏黑，抹上髮油後甚至光可鑑人。泰勒先生壯若神將，五官高聳，特別是顴骨與鼻翼，當地人因此背後稱他「阿啄」。

泰勒先生走出房間，肩上多了個背包。

「總覺得，今天府上，特別安靜。一路進來，只有看見傭人。」

自從泰勒先生發現藍鸚可以跟他流利對話，就格外喜歡找她攀談。

「今天是好日子，穆家有喜宴，大家都在那邊喝茶看戲呢。」

「噢，那個穆家嗎？」

「南隆灣只有一個穆家。」她懷抱欽佩補充，「但穆家不只在南隆灣。」

「我知道，那個超有實力的家族。他們的婚宴，一定不簡單，妳怎麼沒一起去呢？」

藍鸚微笑搖頭：「我昨天才剛回家，實在疲乏，感覺身體還在搖晃呢，休息比較好。」

「也是，旅途辛勞，搭船實在不是什麼美好體驗。」海上似乎有什麼動靜，由碼頭傳來斷斷續續的鐘聲，引起泰勒先生注意。他用手掌遮陽，瞇眼看了一下，「不會吧？難道是我眼花了嗎？」

他又急忙奔回房間，拿出望遠鏡看個仔細，「嗯嗯，這個旗幟……紅色、金色、『走得更遠』，是半島人的艦隊！兩艘已經進港，一艘還在外海。」

「半島人？」藍鸚想起威廉給她的當代局勢分析，整個人警覺起來，「怎麼可能，他們怎麼會來這裡？這個港不是他們勢力範圍。」

「我看看……」泰勒先生繼續用望遠鏡搜索海面，「有了，有一艘我方的軍艦正要進港，看起來受損嚴重。他們正在追擊這艘船。這個戰力有點不平衡，你們商船有武裝嗎？」

「我們商船的特色就是輕快，海上遇見敵人了，總是能甩開對方。我們的武裝，應付海盜都勉強，何況是訓練有素的軍艦？」

「咦，我好像看到了登陸小艇，是打算攻占嗎？不好，他們船舷對向這裡，這個風帆的方位跟傾斜角度，是打算開砲了，啊，果然，砲孔已經打開了。既然這邊都看得到，砲台那邊應該看得更清楚。」他走到走廊另一段，用望遠鏡觀察碉堡動靜，「果然，他們也在動作，砲手都就位了。」他把望遠鏡插在腰間，疾步走向藍鸚。

「不繼續觀察嗎？」她眉頭緊蹙。

「沒必要了。」泰勒先生鄭重說道，「藍小姐，聽我建議，妳快帶著所有人撤退到後山去。」

「你的意思是，戰爭嗎？」她勃然失色。

「恐怕如此。」

她胸口抽了一下。當年海盜洗劫南隆灣，她還年幼，根本沒印象。每當其他人談起當年慘案而面色慘白時，她總慶幸自己沒有親眼見證。沒想到，戰火已經迫在眉睫，毫無徵兆。

不對，有徵兆，只是在威廉之前，從沒人認真告訴她，否則泰勒先生為什麼要來修築要塞。她怒踱一腳，氣憤明眼人不把話明說，讓其他人在太平幻夢中，毫無預警地迎來驚濤駭浪。

「有沒有可能，只是做個樣子呢？」

泰勒先生深吸口氣，「不太可能。」

正當藍鸜還在猶豫，期待在猶豫中恢復日常生活的步調，尖銳的警鐘已經從港區一路遞開。南隆灣的居民們大夢初醒，茫然不知該逃跑，還是躲進屋內。

「我知道了。」她當機立斷，放棄了求援的念頭，「泰勒先生，可以麻煩你帶著奶奶一起撤往後山嗎？奶奶行動不便，我的力氣也不大。」

「老太太嗎？沒問題。」

泰勒先生立刻下樓，跑向祖母的廂房。

同時，藍鸜也召集屋內外的傭人：「大家快出來！快出來！」驚覺自己的嗓門不夠大，藍鸜拿下牆上的響板一路敲響，把煮飯的、洗衣的、做女工的、修剪花木的、顧小孩的通通集合在大廳前。她氣惱，平日這宅院男聲鼎沸，危急時刻卻要她這最沒音量的人來下定奪。她令所有的人放下手上的工作，背上年幼的堂弟妹與姪子們，立即跟著泰勒先生一起移動到後山的避難地點。還空著的雙手，則一人一樣，抱著她挑出來最珍貴的骨董古玩。

她讓九齡帶隊，跟著泰勒先生和祖母從後門離開，自己則拎著鑰匙，一邊清點人頭，一邊鎖閉門窗。「快點動作，不是鬧著玩。」看大多數的人半信半疑，抱怨藍鸚小題大作，想要虛應故事，她再次急敲響板催促。正當泰勒先生與九齡剛踏出後門，從砲台傳來一聲轟天巨響。原先只有她窮緊張，等到第一聲砲聲響起，所有人亂成一團，反而是藍鸚提醒眾人鎮定：「不要急，不要慌，保持隊伍，跟上。」

作為回敬，從海上，也傳來隆隆砲擊聲，此起彼落，比起任何一年的元宵煙火都熾盛。詭異地，在砲聲交錯之間，藍鸚聽見若有似無的琴音錚錚，但現在沒時間考慮哪個不長眼的在彈琴唱歌了，起碼不是藍家府內的人。

當殿後的藍鸚要鎖上後門之際，她忽然想起，家裡最重要的珍藏是一幅虎溪三笑宋代水墨畫，就掛在二樓的佛堂。

「你們先走，我隨後跟上。」

她囑咐其他的人繼續前進，自己則拎著鑰匙串，三步併作兩步飛奔回家。隨著耳邊砲聲如雷鳴不斷落下，藍鸚大口喘氣，她從沒覺得家裡後院是如此該死的巨大。但等藍鸚上到二樓，眼前的景象馬上讓她忘了呼吸。

落下的砲彈如隕石，不論是磚造還是木造的建築，輕易就被砸成一堆噴起的碎屑物。幾分鐘前還風和日麗的南隆灣，黑煙從各個角落滾滾升起。看樣子，來襲的艦隊，是打算把守軍跟城鎮都一起毀滅，緊密門戶躲在屋內也難逃災禍。港口邊的居民，攜家帶眷在狹小的巷弄間倉皇逃命，一邊閃避頭上落下的砲彈、飛走的磚石，一面避開腳下跌倒的人，跌跌撞撞地朝山坡上奔來。

碎石、塵埃與哭喊聲讓藍鸝擔憂起家人安危。穆家的大宅比起藍家，還在更上風處，也更安全，後門出去就是後山，但穆家經營的茶樓在山坡下，他們到底在哪裡宴客？琴音依然錚錚，節奏似乎轉快。隨著戰船上的砲手調整角度，砲彈落下的點也逐漸上攀，越來越接近上風處的砲台了。這是她有記憶以來，最難熬的一天。先拯救文化瑰寶吧，藍鸝繼續奔向畫軸。忽然，一枚砲彈砸進藍家前庭，一株百年桂花當場被炸得稀爛。另一發砲彈緊接而上，就要闖進二樓走廊。她嚇得跌坐地上，緊緊閉上雙眼。現在投降，是不是晚了點？難道耳邊的絲竹之音，就是要引領自己前往彼岸的仙樂嗎？

內心數到十，什麼事也沒發生，只感覺一陣微風徐徐拂過臉頰。藍鸝滿懷恐懼地睜開雙眼，只見一個人站立欄杆之上，阻隔在她與砲彈之間。那人一頭閃耀的金髮，草綠色的披風在他背後飛舞，鐵殼彈停滯在他掌心之前，轉瞬化為一團鐵線蕨樹葉，風流雲散。藍鸝再眨眼，眼前之人哪是什麼金髮青年，分明就是藍鳶。

藍鳶把一件手提箱甩到藍鸝身旁，接著輕快躍起，憑空踏步，落到水榭庭台的飛簷之上。他從袖口化出一把魯特琴，朝著不存在的觀眾鞠躬，接著開始刷刷撥奏懷中的魯特琴。但這次撥子滑過琴弦瞬間，琴音響徹南隆灣，連後山與港灣，都籠罩在琴音範圍。他的曲子歡愉如流水，寧靜如石南花綠野，華麗如千鳥齊鳴，寂寞如古堡傾頹，充斥如沙漠風暴，虛幻如極光閃耀，突兀如流星急劃，規律如教堂鐘聲，激情如熱戀情侶與妖精跳舞，莊嚴如宗教祭儀。

藍鸚清楚現在的情況有多危急，聽歌演歌不是優先事項。她跌跌撞撞跑到陽台邊，對藍鳶請求：

「別蘑菇了，我們一起去避難，好嗎？」

但他不為所動，反而開始唱著她陌生的語言，一首又一首，但她聽出了歌詞是關於等待、魯特琴、期盼、猜測、遠方、疑懼、相信、歸來、淚水與愛。

藍鸚隨即領悟，他演奏的目的，當然不是為了哀悼南隆灣的災難。她看見半透明的音符從魯特琴的琴孔傾瀉而出，一個音符連著一個音符，成為絲狀以太介質互相連結交織。每個聲子既帶來聲音，也成為下一個音符的傳播介質，這就是為什麼他的琴音會突然擴張到整座南隆灣。聲子的介質網絡，像一襲極淺鵝黃色毛絨鋪在南隆灣之上。

就是靠著這層半透明介質，他把砲彈轉化成花葉。守護的魔法功成，落下的飛彈在接觸半透明的旋律瞬間，全都變成一團鐵線蕨的葉片，不論鐵殼彈是來自守軍砲台，或是攻方戰艦。南隆灣上空一時花葉齊飛，連逃竄的鎮民也感到詫異。山腰上的碉堡見狀，暫時停止了射擊。

在碼頭那端，攻擊方的登陸小艇即將靠岸，岸上守軍雖然居於人數劣勢，也列隊迎擊。在優雅舞曲伴奏下，雙方的士氣都大受影響。儘管如此，兩邊指揮官令下，士兵紛紛亮槍拔劍，隔著一彎水就要開始近身戰。但在魔法的結界中，射出的子彈變成棉花糖，拔出的劍刃變成花束，該是史詩的戰局被硬生生打斷，難以繼續。

但總指揮還沒放棄。海上的卡拉維爾戰艦終於辨識出聲音與魔法的源頭，再次調整仰角，朝著藍家大宅一輪齊射。幾十顆鐵殼彈滑過港灣、碼頭、倉庫、商行、作坊、青樓、市集、食肆、茶樓、廟口、戲院，集中飛向藍家宅邸。落下的砲彈變成一陣一陣鐵線蕨旋風，強勢撲向站在水榭屋頂的藍鳶，讓他腳步踉蹌，幾乎要跌下水池裡，藍家前庭也幾乎要被鐵線蕨樹葉所淹沒。

儘管藍鳶加快節拍，指尖在琴弦間迅速流轉，砲彈依然越來越接近自己。一輪齊射、二輪齊射、三輪齊射，聲子介質在被集火的地方越來越稀薄。第四輪齊射時，藍鳶露出了害怕的表情，他額上滲出斗大的汗珠，甚至弄斷了手上的撥子。終於，一顆砲彈穿越五線譜的縫隙，不偏不倚擊中水榭庭台，揚起萬丈水波。藍鳶被震飛到二樓走廊，砸到牆上的瞬間，一排玻璃窗紛紛破裂。

「哥哥！」藍鸝焦急大喊，不顧自身安危跑向藍鳶。

在藍鸝碰到他之前，藍鳶從玻璃渣與十三溝面磚的碎屑中迅速站起，拾起魯特琴，緊咬嘴唇，再次跳上欄杆。他隨便撥開濕透的瀏海，再次彈奏，最後一首的舞曲。最終的舞曲，以無比生動歡樂的牧歌開場，相似的主題不停重複、堆疊、加速，迅速交織成一幅幸福美滿的高潮。撥弦的隨即指尖緩下，是極為緩慢的轉調；悠緩的變調加上雙音彈奏，帶出鄉愁的主題，猶如一片金黃的深秋樹林走來初戀戀人，美麗但憂傷得教人想多看一眼又想趕緊轉頭。就在鄉愁美得讓人無法喘息、憂得泫然欲泣的時刻，小調的鄉愁再次悄悄混入牧歌旋律，牧歌從小調換回歡騰的大調，甚至連演奏者也要跳起舞來。

在終曲落幕之前，不知道是彈藥耗盡，還是指揮官不想繼續浪費時間物力在失去驚喜的突襲上，終於，登陸小艇陸續返回主艦，半島人的戰艦也陸續遠離。南隆灣響起凱旋的號角，逃難的人們如釋重負，或席地而坐、或驚呼萬歲、或叫喊失散的親人。

戰鬥結束了。

踩在欄杆上的藍鳶，轉向走廊，對藍鸚悽慘地苦笑。他終於跟自己對上眼了，藍鸚微微顫顫走到陽台邊，她聽見自己的聲音顫抖得非常厲害，但她不清楚自己是在害怕戰爭，還是在害怕眼前的魔法師。

「哥哥？」

他筋疲力盡，精神耗竭，看到藍鸚接近自己，腳跟再也站不穩，失足倒向藍鸚懷裡，幸好藍鸚接住了他。藍鳶雖然高挑，卻意外地輕盈，所以她能勉強抱住他。

「我回來了。」

第十一章

當藍鳶醒來，他看到灰塵粒子在陽光中飛舞，然後是後背一陣抽痛。

不知怎麼，他竟然有點習慣醒來時渾身帶傷。他知道這裡是他的房間，由那熟悉的天花板水漬花紋與窗櫺光線，但床鋪、棉被與枕頭是新的。這房間的家具都是紫檀木製成的，配色比較暗沉。

「六少爺醒來了嗎？」

九齡放下手上的針線活。她一直端坐在門邊的扶手椅上。

「噢，好痛。」

他轉動脖子肩膀，每一吋的筋骨都用痛覺來彰顯自己的存在；不用想，後背一定瘀青大片了。

「我們這幾天，都有給少爺敷上膏藥，只是少爺一直昏睡，內服的藥湯就沒辦法了。」

「這幾天……」在身體的傷痛之後，他接著體會到腦袋中無比的疲勞感，忍不住把手按在太陽穴邊搓揉，「幾天了？」

「第四天了。」九齡站起，「大人們都去參加善後會議了，我去通知小姐，順便去廚房端碗粥過來。」

「等等，妳有看到我的行李箱嗎？」

「放在床底下。」

「好的，對了，」他好像聞到了藥味汗味混雜，從自己身體傳來，於是對九齡擠出微笑，「可以幫我燒洗澡水嗎？麻煩了。」

九齡離開的空檔，藍鳶從床底拖出行李箱。他想把行李箱放在書桌上，卻發現書桌上擺滿了圖紙、量尺、圓規、量角器、墨水罐、鋼筆、燒杯，還有一個木頭製的碉堡模型。他不記得這房間有這些物品，這麼說來，家具的擺設似乎有更動過。

他看到他的綠披風掛在衣架上，於是先把行李箱擺到一邊，攤開披風檢視一番。果然被轟出許多裂口，顯得破損不堪。藍鳶把手指放在披風破損處，想要立刻用魔法把它縫合，但剛要念出復原的咒語，腦袋立刻撲來一陣跑完馬拉松後的極度無力虛脫，讓他不禁扶著前額「噢噢」叫。

「還是不舒服嗎？不用勉強下床。」

藍鸚已經來到門口，看見藍鳶哀哀叫，關切問著。

「別擔心，我沒事。」他把披風拉開，在藍鸚面前展示裂痕，「只是想要把我的披風修好。畢竟魔法師的披風，就像法官的假髮一樣重要。只是我現在體力跟魔力都透支了。」

「用縫的不就好了嗎？」藍鸚眉頭微皺，先把餐盤放在桌上，再將披風拿了過去，「這種小事，我還處理得來。」

「太好了。」他拍掌稱許，「大家還好嗎？」

「十來戶民宅受損，沒有想像中嚴重，大致已經恢復正常生活了。」她既驚奇，又無法置信地看著藍鳶，「哥哥，那天，真的是你大展神威，救了大家嗎？」

「天曉得呢？說不定我只是剛好路過。」

他坐下來，打開碗蓋，是瘦肉粥與油條，其他小碟子裡還有醃醬瓜、豆乾切片與滷蛋。完美的早餐組合。

「總覺得，這房間最近似乎有住人？」他邊吃，邊隨口問著。

「唔……是的，最近當作客房，招待一位外賓：泰勒先生。」她難為情地低頭解釋，好像這是她的錯，「不過別擔心，你回來以後，我們又幫客人安排了新的房間，所以就……就放心待著吧。」

他長嘆一聲，接著嚐了一口紫菜湯：「這也是沒辦法的事，畢竟爸爸媽媽都離開這麼久了，我平常也不住這裡。」

「不，我覺得……」她音量低得不能再低，宛如是說給自己聽，「這樣不是很好。」

「如果可以，提前跟我知會一聲就好。不過，要找到我好像也不容易。嗯，算了，那就這樣吧。」他不慍不火地反應，「所以那位泰勒先生，是很厲害的建築師囉？」

「是的，鎮上的建築師，都搶著要承接他的工作，趁此見習西洋技法。」

「哦，一流的建築師。」他若有所思。

說人人到，泰勒先生站在走廊上，敲著已經打開的門。

「我聽說拯救南隆灣的大英雄已經醒來了，方便打擾嗎？」

「請進。」藍鳶站起來和泰勒先生握手。雖然他的身高已經高於平均，在泰勒先生面前還是矮了一截，「我就是藍鳶。」

「非常榮幸認識你，我叫奈爾・泰勒。」泰勒先生富饒意味的打量藍鳶。

「不是尼歐？」

「很多人這樣發音，我習慣了。」泰勒先生無奈聳肩，「但如果是出自強大的魔法師之口，恐怕我就真的要變成尼歐了。」

藍鳶喘口氣：「太好了，我不是強大的巫師，不用字字謹慎。」

「你太謙虛了，一般幫忙尋人、尋物、泡安眠茶的巫師巫女，可沒有那個能耐擋大砲。」泰勒先生大笑，「還好沒有，不然我們這些工程師都不用混了。」

「我想大部分的魔法師並不想跟槍砲扯上關係。」藍鳶把視線挪向碉堡的模型，「你做的？」

「施工模型，看起來很堅固吧。」泰勒先生眨眼，「在工地的作坊，我還有更多的模型，想看嗎？」

「非常樂意。」藍鳶再次提起他的手提箱，「題外話，我最近天馬行空畫了一張設計圖，你有興趣看看嗎？」

「當然！」泰勒先生抱拳大叫，「魔法師的設計圖。」

藍鳶打開手提箱，裡面有一具漂亮的玳瑁殼。他把玳瑁殼放在床上，然後從箱底取出一疊草圖，遞給奈爾。奈爾從口袋拿出眼鏡，一邊皺眉點頭，一邊摸著下巴思索。看了一會，他把草圖遞回藍鳶。

「這是什麼新型的船艦設計嗎？有推進裝置，卻沒有龍骨，也看不出動力來源，太新奇了，完全超出我的理解。」

「魔法師就是要出人意表，不是嗎？」他故作神祕地微笑，「奈爾，你還會在這裡待多久？」

泰勒先生從口袋拿出行事曆翻閱：「說實話，我這邊的工作差不多告一段落了。托你的福，我的案件都完好無缺，就等驗收點交。接下來，檳城還有些委託在等著我。」

「那在去檳城之前，要不要再接一個工作呢？」藍鳶從袖口中取出一個寶石藍的囊袋，「當然，不是免費的。」

「你的意思，是執行那份設計圖嗎？」

「是的，聽說你在這裡招募了一個工作團隊，我猜應該還沒解散，說不定，手邊還有各種建材。」

「你說得對，確實是這樣。原諒我這個人比較直來直往，」泰勒先生把手伸向藍鳶，「你願意支付多少酬勞呢？」
「唉呀，我對幣值換算實在沒有概念，看看這個能不能讓你滿意。」
藍鳶把囊袋遞給泰勒先生。泰勒先生看到袋口有寶石匠的鑑定蠟封，藍鳶眼神示意要他打開。泰勒先生謹慎拆開彌封，從裡面抖落出一顆黑珍珠在手掌上。黑珍珠玉潤光滑，閃耀著黑曜石般的色澤，覆蓋著青銅色的虹彩。泰勒先生不禁吐了口氣。
「一共二十顆。」
「不愧是藍家的公子，出手毫不吝嗇。」
「一分錢，一分貨。」藍鳶感覺奈爾的眼神有點飄移，「放心吧，這些都是貨真價實的珍珠，不是迷惑人心的魅術。魔法師也是講求契約精神的。」
「當然，我相信你的誠信。我只是好奇，另一邊的袖子裡面是不是藏了一袋寶石。」泰勒先生把眼神從藍鳶胸口移開，「失禮了。」
「你說這個墜子嗎？」藍鳶把普羅米修斯之哀詩掏出來，「雖然製作精巧，但其實原料只是水晶呢。這對我有紀念價值，但市面上大概很難賣出好價錢。」
泰勒先生把掌上的珍珠放回袋內：「看起來，我似乎沒理由拒絕。」
「太好了，你打算在哪裡進行呢？」
「我想想，你這東西早晚是要下水的。」泰勒先生捏著下巴，「碼頭外一里格的石灘，那邊有座閒置中的造船廠，要借應該不難。」

「聽起來不錯。」

「成交！」

泰勒先生再次熱切地跟藍鳶握手。這時候，九齡也來通知澡堂已經準備好。

「那麼大家，請容我安靜地吃完早餐，浴缸已經在等我了。」

藍鳶在回信中希望他的來訪可以低調些，盡可能不要驚動他人。這對喬治而言有點挑戰性。像他這樣的大個兒，就算卸下軍服，到哪裡依然引人注意。

南隆灣連下了四天雨，雨勢忽大忽小，捉摸不定。海面上浪濤洶湧，所有的船隻都已入港。喬治希望藉由撐傘，可以讓路人少注意自己。他刻意挑蜿蜒的小巷來避開路人，連日陰雨讓石梯間隙的苔蘚與鳳尾蕨生氣勃勃。但到了藍家門前，他看見一排的轎夫在外牆邊插科打諢，同時從屋內傳出議事聲。看起來，今天的會議在藍家大廳舉行。這種情況，他走進大門一定引起注意。已經有些轎夫開始盯著他看了。

他手插口袋，沿著外牆裝作散步遠去。他漫無目的，來到下風處的小廣場。南隆灣有許多類似的小空地，讓居民曬衣服或曬作物，通常還會有一座小神龕，還有一組棋具。天象不佳，小廣場空無一人。他從空地遠眺藍家宅邸，藍鳶就坐在二樓走廊上看海。喬治拿出懷錶鏡面朝藍鳶晃了幾下，希望藍鳶能看到反光，他接著坐在榕樹下的石椅上等待。

這個廣場的視野還不差，可以瞭望陰沉沉的大海。過了一會兒，有個頭戴斗笠的佝僂老人也來到小廣場。廣場有另一顆榕樹，樹下有個小桌子與鐵製的水壺。斗笠老人自帶杯具，從大水壺中倒出一杯茶，接著走到喬治面前。

「年輕人，要喝杯溫麥茶否？」

喬治略為驚訝地接過茶杯，他沒預期會被一個當地老人搭話。老人對他眨眨眼，斗笠下的面容原來是藍鳶。藍鳶背對喬治，坐在另一張長椅上。棋具就放在那長椅上，於是藍鳶擺好棋局，對著空氣開始跟自己對弈。

「嘿，喬治，最近過得好嗎？」

「我們都是幸運兒啊。我原本的任務只是護航一艘商船，聽說最近又有海盜出沒，沒想到竟遭遇半島人的艦隊突襲。幸好你湊巧在南隆灣，否則我們就算守下來，也是慘勝。我又欠你一次了。」

「小事情，別放心上。我在旅途中，剛好聽到風聲，沒想到剛趕回南隆灣，就遇上半島人來襲。」藍鳶動了一步棋，「你剛剛說了我們都是幸運兒，我的幸運在哪方面呢？」

「唉呀，你瞧，我說話老是跳來跳去的，完全沒有邏輯。幸運在，這次攻來的並不是他們主力艦隊。半島人的王牌，石魔女就在旗艦：聖胡安號上。荷米斯，我雖然相信你的能力，但那惡名昭彰的女巫，不是你應付來的。真的遇見了，能逃就逃。」

「感謝忠告。」

「那你呢？最近過得如何？小威很關心你的近況。」

「你對我的狀況，知道多少呢？」

「你知道，我們兩人無話不談。」喬治淺嘗了一口麥茶，味道有點微妙，幸好不是太強烈，「他說，為了盛名，你承受了多方壓力。」

「各方壓力。」藍鳶嘆氣，「我在旅途中，做了些我無法原諒自己的事情。感覺變成了自己討厭的樣子。」

「怎麼了？」

「我離開新十字後，碰上了一點麻煩。雖然最後逃開了，但受的傷有點嚴重。這時候，我遇見了幾個人，他們都是非常有教養又慷慨的好人。為了確保在康復之前，他們會願意收留我，我窺探了他們的內心，知道他們真實的渴望、想見的人、想聽的話。這真的很卑鄙，就算我不這樣做，我想他們還是會妥善照顧我。但我還是忍不住做了，當時我的狀況有點糟糕，我想確認他們不會丟下我不管。」

「他們有因此受到傷害嗎？」

「沒有。我只是……順著他們的潛意識，說出他們想聽的話。我想某種程度而言，他們還挺開心的。」

「我說，荷米斯啊，如果每個人的卑鄙手段，都只有你這種程度的話，世界就太美好了。」喬治忍不住拍拍藍鳶的肩膀，「我代替威廉原諒你。」

「為什麼是威廉？」

「我看你崇拜他的方式，好像他是你的神一樣。」

「論魔法造詣，恐怕是他要追逐我的身影。」藍鳶讓戰場進入廝殺。

「我會如實轉達。」喬治強壓笑聲。

「說到石魔女，應該是擅長石化魔法的女巫吧？」

「如果你也看過《圖書館驚魂記》，差不多就是那樣的敘述。怎麼了嗎？」

藍鳶隔著斗笠摸摸頭頂，回想記憶斷片之間的細微缺失。

「剛剛說了，我在離開新十字後，遇到了埋伏。對方是個利害的巫師，渾身散發邪惡氣息，但我怎樣也想不起任何關於他的細節。唯一確認的是，那個人不是操作石化魔法的女巫。」

「聽起來，危機四伏。」喬治也搔頭思索，「最後一個忠告，身為南隆灣戰役的英雄，你在這裡是安全的，檯面下的人不致明目張膽地弄你。但記住，世界上沒有永遠安全的地方。」

「好的，我知道了。」藍鳶撫臉思考下一步，「等我休息得差不多。」

「之後，想去哪裡呢？」見藍鳶一段時間沒回應，喬治又接了句，「去找蘇曼迦那個小姑娘？」

「我還沒想好要帶什麼禮物給她。」或者，等他的藍圖設計被成功打造出來。

「我也是，每次都煩惱要帶什麼禮物回去給老婆小孩，但該面對的，終究還是得面對。」

「唔，有人在接近『我』，我得回去了。」藍鳶將軍，結束自己的棋局。

喬治望向藍家的陽台，只見藍鳶依然懶洋洋坐在藤編沙發上。他疑惑地打量身邊的藍鳶。

「我製作替身的技巧是不是越來精良了？」他站起來，與喬治握手。

「我討厭人情債，但看起來我沒機會付清了。我終於弄到一個教官的位置，下次回到母國，我就不會再回來了。」

「保重。」

「這真的是最後一句話，」喬治皺眉，「你頭髮是不是有點長？」

「怎麼大家對我的頭髮有意見？真是的。」

藍鳶無奈地吹了吹自己瀏海。他再次緊握喬治厚實的手掌，喬治又捏了捏他的肩膀。道別之後，藍鳶迅速從邊門回家，風一陣似的回到沙發椅上，若無其事伸懶腰。此時，藍鸚拿著拖盤，走到他身邊。托盤上有鏡子，髮剪與剃刀。

「哥哥，你真的不找理髮師？」

「出門好麻煩，我相信妳的巧手。」

「如果不滿意，也不能抱怨唷。」藍鸚把理髮圍巾抖開，「你太高了，請換到板凳上。」

藍鳶移到板凳上，雙手把玩著鏡子，宛若那是個有趣的玩具，直到藍鸚把鏡子掛在牆上。藍鸚把白巾仔細塞進他的領子，然後不斷掐著他頭髮，測量這頂鳥巢有多厚。

「老天，你多久沒整理頭髮了？」

「好一陣子了，」他表情略顯無奈，「優閒地理髮，是一種奢侈活動。」

「好的，所以你想要留多長呢？」

她搓揉著他的頭髮，彷彿玩弄小狗。難得藍鳶矮他一截。

他看著鏡中的自己與藍鸚，想了一會兒：「不然，你印象中的我是什麼樣子，就修成那個長度好了。」

「印象中的哥哥嗎……有點模糊呢。」她印象中的藍鳶，似乎還沒長大，就像她印象中的自己一樣。藍鸚舉起剪刀，「那就，開始囉。」

凝視著鏡中的自己與藍鸚，藍鳶忽然動起一個念頭：如果這是面可以反射內心的鏡子，此時，鏡面將會呈現怎樣的面孔呢？察覺自己蠢蠢欲動的好奇心，藍鳶趕緊閉上雙眼，專注耳邊的聲響，來轉移對鏡子的專注。

他聽見剪刀發出清脆的「喀嚓喀擦」，接著臉頰跟頸邊感受羽毛溜過的觸感。在喀擦之間，是髮絲降生在圍巾與地板的細微沙沙聲。再一個喀擦，是梳齒囓咬髮根與頭皮，接著是客廳傳來爽朗大笑蓋過一切。大笑過後，是牆外轎夫們聚賭吆喝，還有骰子掉落陶碗的脆擊；院內，有小孩子高聲數數，似乎是在玩躲貓貓。她用軟刷輕輕刷去他臉上的髮絲，他感到迎面強勢撲來一陣爽身粉的氣味。

藍鸚再次拾起髮剪，「喀嚓」，濕潤的山風一路搖曳，樟樹榕樹連綿的樹冠擺動如波，樹濤浩瀚中彷彿穿插月琴弦音；接著又是陣細雨，用棉絲般的灰線安靜充塞所有空間。院子裡玩耍的孩子改到一樓走廊間踢球，沾了水的皮球落地若有回音。議事結束，桌椅挪移隆隆，大人小孩腳步沓雜。在不同頻率的交錯混亂之間，他彷彿在轉角聽見自己的跫音。

「完成了，來看看可不可以。」她喘口大氣。

他睜開雙眼，看進鏡中的自己，忽然分不清這是哪條維度上的自己。

「不准抱怨太短，你自己說要修成我印象中的樣子。」藍鸝把圍巾拆下，開始收拾工具。

「我什麼都沒說呀。」藍鳶拿著掃把，把地板上的落髮清乾淨，「真的要說什麼，應該是，謝謝妳。」

她耳根泛紅：「說謝，太見外了。」

「謝謝，就是謝謝。」收拾完畢，藍鳶躺回沙發上，「對了，我的斗篷還好嗎？」

「處理到一半了，」她立刻解釋，「我從沒處理過這種花紋的布料，所以多花了點時間，要把縫線藏得好看，破口接得完美。」

「其實，我已經恢復得差不多了，可以用魔法簡單修復。這樣，就不會增加妳的工作了。」

「不……不行！」她的堅決，令藍鳶感到意外，「我不能讓我的哥哥，變成一個除了魔法，就什麼都做不了的懶骨頭。」

他愣了一下，然後苦笑：「妳難道不知道，懶惰，是一切發明，跟文明進步的動力嗎？」

「滿口歪理，說不過你！」她嘓嘴，「別忘了，傍晚，穆家大哥約你在茶樓見面。」

「差點忘了這回事，真不想出門，唉唉。」他撥了撥已經被剪掉的瀏海，「妳可以再跟我說一遍，他的全名是什麼嗎？我們以前……有見過面嗎？我真的沒印象了，不清楚他為什麼忽然要找我。」

「他本名穆蘭池，現在已經接掌穆家當家，我猜，可能有正事要商量吧。總之，別遲到了。」

看藍鸝拿起托盤就要離開，他趕緊攔下她：「這麼急著走？坐下來陪我看海嗎。」

藍鸝搖頭：「六哥，你已經坐在這裡看海看整天了。晚餐時間快到了，我得去廚房看有沒有需要幫忙的，你也該準備出門了。」

「明明我也是，難得優閒……」

藍鳶倖倖然回到房間，不是很確定該穿哪種服裝去見穆家主事。他來回踱步，最後從行李箱拿出紅色斗篷披在身上。

傍晚時分，風雨停歇。許多人家已經點起燭光，青石磚路上的小水窪也因為店家的燈籠而染上五顏六色。藍鳶帶有點忐忑又不情願的心情，緩緩走下階梯。路上行人見了他，有小聲議論、有指指點點、也有微笑點頭的，只是大多數的人，他都不認得。走著走著，有穆家標記的燈籠已經在下一個街口晃呀晃著。藍鳶停下腳步，手插口袋，思考自己等等該怎麼應對進退。

「大哥，要不要來碗烏梅汁，生津止渴。」

直到賣烏梅汁的小販開口，他才意識到自己就站在小販面前。那小販看起來比他年輕一些，穿著一身深褐色的衣物，脖子上掛著充滿汗垢的毛巾。小販用扁擔挑著兩桶烏梅汁，東西放下便是他的店鋪。

「好的，麻煩。」

藍鳶從袖底隨手摸出一只玻璃杯，令小販嚇了一跳。藍鳶接過烏梅汁，決定達成小時後的心願：一嘴咕嚕咕嚕，暢飲而盡。

「啊，剛剛忘了先問要多少？」他忽然發現出門忘了帶錢包。

「沒關係，我要收攤了，就算結緣吧。」小販挑起扁擔，就要離開。

藍鳶從口袋中拿出三顆玻璃珠，「結緣的小東西，如果不嫌棄。」

小販高興接過玻璃珠：「太好了，我的小弟正在收集。」

趁著嘴裡還殘留著烏梅汁的甘甜，藍鳶來到穆家經營的茶樓之前。他報上姓名，茶館的侍者立刻通知掌櫃，由掌櫃帶領，進入樓上的包廂。包廂非常寬敞，足以容納大圓桌，但此刻只有在窗邊擺了一個烏木方桌，桌腳有個炭爐。

窗邊坐了一名三十多歲的男子，一頭烏黑長髮用綾羅髮巾高高盤起，身形高大，臉上的劍眉讓他看起來充滿威嚴。從他穿著——帶有銀繡菊花圖案的鴨青色程子衣——判斷，那人應該就是穆蘭池了。穆蘭池看到藍鳶，放下掌心旋轉的兩顆玉球，熱情邀請藍鳶入座。

「好久不見，應該超過十年了吧。」穆蘭池取來一個碧玉色的瓷杯，為藍鳶添茶，「你以前個性怕生，總是躲得遠遠，難得說上幾句話。」

「恐怕，現在也差不多呢。」他轉了轉杯中紅澄澄的茶水，是金萱。

桌上擺了各色茶點與蜜餞，還有一小盤蘿蔔糕。藍鳶拿起一枚梅花狀的糕點，撥開來裡面是黑褐色的棗泥。

「不管怎麼說，都該慎重地向你致謝，消弭了這次的災禍。」

「我也是南隆灣的人，客氣了。」

藍鳶思索，他應該符合威廉所謂善盡群體責任的定義了。

「如果仙姑當年還在，第一次的災劫，或許就不會發生了。」

這個話題引起他的興趣：「我看過瓊姨的手記。能告訴我，更多關於她的事情嗎？」

「關於仙姑，很多我也是聽家人轉述，你姑且聽聽。仙姑是我爺爺的小妹，大約十六七歲的時候遠嫁到坤甸的羅姓人家，但仙姑似乎跟夫家的人相處不好。不到十年，她的夫婿因病早逝，沒多久，曾祖父過世，仙姑回南隆灣奔喪。之後，她就沒有再回去坤甸了。」

「那關於奇術的部分呢？」

「仙姑自小就有異能，占卜測算，尋人尋物，異常神準。她在外期間，似乎遇見高人指點，等她再回來南隆灣，已經精通五術，鄉民有疑難雜症，多半求助仙姑。求助的人多了，祖父索性把穆家後院的宗祠改為道觀，另外開了角門讓鄉人出入。新宗祠的地點，自然是仙姑選的風水寶地。

「南隆灣的幾個家族，經商有成，累積不少財富，也成為海盜掠奪的目標。一天，仙姑要其他人幫忙找尋至少嬰兒拳頭大的夜明寶珠，適逢時局動盪，不少珍寶從宮中流出，我們竟然真的尋得夜明珠。於是仙姑運用寶珠，配合南隆灣地勢佈下迷陣，從此心懷不軌的賊船，一旦靠進南隆灣便會身陷迷霧。我記得這個陣有個名字，叫什麼去了……」

「匿息。」藍鳶補充，「那，她是怎樣的一個人呢？」

「這要怎麼說呢，畢竟是我的先人，」穆蘭池細思了一會，從桌上撿起一顆酸梅，「你知道梅渣糖吧？剛剛說到鄉人的疑難雜症，其實有一半的情況，是小孩半夜高燒或哭啼不止。處理久了，很多父母都讓小孩認她做乾媽。那些小孩，有時沒事就跑去找仙姑要糖果吃。仙姑自己做了許多梅渣糖，但不知她怎麼弄的，外層竟然比青梅還酸，小孩子含進嘴裡，總要跳起來，五官擰成一團，含著含著，才吃到比蜜還甜的內層。你說，這是怎樣的人呢？」

藍鳶想像畫面，不禁笑了出來：「風趣的人。」

「確實有趣，」穆蘭池搖頭，「聽說，她偶爾會跟外人抱怨，說穆家的人都是木頭。」

「那為什麼，她沒有傳人呢？」

穆蘭池嘆口氣：「有，仙姑收過兩個徒弟。男徒弟後來去呂宋作生意，發了筆橫財，卻被合夥人謀財害命；女徒弟則是嫁人後，不願再拋頭露面。仙姑最後一個想傳授的對象，就是令堂。藍家老爺也沒意見，只是沒多久令堂就有身了，再之後，你小時候多病，你母親無暇分神，最終不了了之了。說起來，也是命運，是這四十年的安穩，讓我們澈底忘了海賊的威脅，才會被長驅直入。話說，以你的能耐，有辦法再布置一次那個奇陣嗎？」

藍鳶把吃到一半的柿子餅吞下肚：「有困難。第一，同樣的陣式在同樣的地點，被破過一次後，只會更脆弱。第二，我還沒有找到那麼強大的夜明珠當陣眼。第三，要維持陣式，需要有人長期鎮守。最後，現在南隆灣面臨的對手，已經不是烏合之眾的海賊集團。荳蘭群島，當下是船堅炮利，高手如雲，半個世紀前的魔法，只怕不管用了。」

「你說得對，老方法已經不管用了。新的時代，需要新的策略，才有新的活路。」

藍鳶看見穆蘭池的眼神，內心不由一凜。主菜要來了。

「哦？」

穆蘭池從炭爐上取來熱水，又沖了一壺茶。

「這事，本來應該藍家伯父們向你提起，不過我們穆家也是合夥人，由我來說也是無妨。」

「什麼事呢？」

「如你所說，半個世紀前的心態已經不管用了。我不能屈於被動，需要狡兔三窟，向外拓展。那些洋人近來在錫蘭跟爪哇取得大片土地，想要開闢香料園、咖啡園、可可園、油棕園、罌粟園跟茶園。在茶園部分，洋商想要找我們合作，畢竟他們不知道怎麼種茶，就算偷了茶種，也養不活。我們還在評估，真要投資，應該把主力放在哪裡。」

「可是，那些山後人，到現在依然埋怨我們的茶園是竊佔他們先祖的土地，不是嗎？那些土地上面，總有住人吧。我們如果又跑去開闢茶園，不是會……造成同樣的麻煩嗎？」

「不麻煩，而且正是考慮這點，才跟洋人合作。地是洋人取得的，白紙黑字，是洋人跟當地土著簽的名。這次，我們跟當地土著沒有任何契約，他們要抱怨，只能找洋人抗議去。而你知道，只要契約上站得住腳，他們的手段比誰都狠。我們要注意的，只有我們跟洋人的契約。」

「那……要去哪裡找人呢？」

「老方法，透過宗親，到沿海各鄉鎮招募長工下南洋。放心吧，我們不買崑崙奴，語言不通也難以管理。何況，這也不失為幫山後人找工作的機會。很多山後人，現在也在茶園裡幫忙。我們帶他們一起出外墾殖，也是雙贏。」

「既然，你們都規劃好了，還有什麼話要對我說呢？」

「如果真的要去開拓新據點，我們希望你能一同前往。南洋蠱術巫術本來就棘手，聽說當地已經有不少逃跑崑崙奴組成的武裝叛亂勢力，其中不乏巫毒高手。雖然我們的願景是互不干涉，只顧好茶園的墾殖，但只怕萬一，起了衝突。」

藍鳶靠在椅背上，大吐一口氣：「不去，不就沒事了嗎？」

「不出門，就是等人來扣門。而主動上門的，通常不是好客人。」

「那……我們是好客人了嗎？」他低下頭去。

「我們是商人。君子愛財，取之有道。」穆蘭池飲進杯中茶水，接著用杯底輕敲了桌面幾下，「賢弟，藍家也是經營有成的商賈之家。篳路藍縷，再啟山林。何必把自家事業，想得這麼不堪呢？我們又不是殺人放火的惡徒。」

見藍鳶沉默不語，穆蘭池嘆氣：「也罷，不急著現在回答，你回去好好考慮吧。」

包廂外頭傳來一陣急促的腳步聲，隨後一人大剌剌推門走了進來，正是藍鷹。

「穆家大哥，久見久見，疏於問候，望請海涵。」藍鷹生硬地跟穆蘭池作揖，隨後大力拍打藍鳶肩膀，「我這小弟，個性內向，有時候不喜歡跟人說話，如有得罪，多多包涵。我的小祖宗，你有沒有好好叫別人的名字？」

穆蘭池爽朗大笑：「你巴結逢迎的樣子，還是一樣出人意表。」

藍鷹也大笑回應：「大哥，你知道我的，這套人情世故就是演不好。」

「什麼風把你吹來了？你不是應該在新十字？」

「聽到老巢被轟了，當然要回來關心一下。看起來沒什麼大不了，等風浪停歇，就再出發。」藍鷹不顧藍鳶掙扎，捏著他的後頸，「怎樣，這隻小貓，沒把你惹毛吧？」

「沒的事，我們相談甚歡。」穆蘭池揮手，「你別再逗他了，坐，坐，一起喝杯茶。」

藍鷹隨手從桌上抓了一把蜜餞送入口中：「當然想啊，穆蘭池親泡的茶耶！不過我們家要放飯了，我是來帶這隻回家的。」

「原來如此，那我也不便多留，今天就到此為止吧。」

藍鷹把藍鳶沒喝完的茶一飲而盡，穆蘭池也拍拍衣襬，起身送客。一行人下到一樓，其他客人看見穆蘭池，紛紛站起作揖。趁著穆蘭池被客人們團團圍起來寒暄，藍鷹對掌櫃使了眼色，隨即把藍鳶拉出茶樓。

「茶樓好玩嗎？」

藍鳶大口深呼吸：「壓力好大，外面的空氣比較新鮮。」

「廢話，人家地下總司令。」藍鷹伸個懶腰，「嫌麻煩，什麼都乖乖說好，不就沒事了？」

「我……我有我的尺度。」藍鳶小聲說著。

「唉唷，什麼時候這麼有原則了？」藍鷹意味深遠地看著藍鳶，「回家的路你知道吧？那你自己回去，沒問題吧？」

「嗯？你不一起回家吃晚餐嗎？」

他朝碼頭方向比了比：「幾個夥計找我去釣魚，就先不回去了。晚點想吃新鮮烤魚當消夜，就到海邊找我。有火光的地方就是了。」

說完，藍鷹逕自大步離去。

走回藍家宅邸的路上，藍鳶忽然感到一股不好的預感。正當他猶豫是不是該回頭跟上藍鷹的腳步，等在門口的九齡已經大聲喊住他。不得已，他只好硬著頭皮跟著九齡進門，走向燈火通明的房子，但九齡的臉色也明顯緊張。走到在客廳前的階梯前，他忽然明白了。

所有的人都站在走廊上等他，而那幾個他一直刻意躲著的堂哥，就站在最前排，旁邊是他刻意躲開的二伯父二伯母。

「藍鳶，打從你回家以來，好像還沒跟大家一起吃飯。」二伯父說話了。

「我的作息比較不正常，讓大家等我，真不好意思。」

「這樣一直躲著，也不是辦法。」二伯父嘆氣，「不如，大家把話說開。」

「哪裡哪裡，是我給大家添麻煩。」

藍鳶正要彎腰道歉，卻被二伯父硬生生打斷。他感到錯愕，看到一雙雙燃燒的瞳孔，他覺得自己又被鎖定了。

「以前，我這三個蠢兒子不懂事，在家跟你玩耍，下手不知輕重，是我教導不周。搞到最後把你從二樓陽台推下去，不得不把你送去學校，是我對不起弟弟跟弟媳。伯父跟你道歉。」二伯父說畢，與二伯母兩人一齊鞠躬，接著斥聲說道，「你們三個不肖子，還不給我跪下。」

說話，三個堂兄也一齊恭敬跪在藍鳶面前，前額緊緊貼地，不敢直視藍鳶。

「大家……大家何必這樣？伯父，你快點起來吧。」

藍鳶著急著想要把長輩扶起，但二伯父跟二伯母彎下的腰就像雕像一樣，不為所動。場面宛若凝結，他感到空氣再次變得稀薄，難以呼吸。他不知道這種僵局怎麼會突然出現，然後，他忽然理解他們要的是什麼。

死寂的場面又持續了一陣子，大伯父清了清喉嚨，終於開口了：「藍鳶，你就原諒他們吧，大家都是一家人。」

魔法師講求契約精神，因為魔法師尊重自己吐出來的話語跟文字。在所有荒誕不經的咒語成為真實之前，魔法師本身第一個相信；換句話說，一旦魔法師說出了咒語，則在魔法師眼中，就是真實。只有以魔法師對自身話語的絕對信任為基礎，不可思議的咒語才會逐漸從魔法師一個人的真實渲染開，成為公認的事實。魔法的構成要素，就是施術者對自身話語之百分百信任。當然，這種對自身言語的信任與尊重，就像所有美德一樣，持有的方式就是必須長期維持。一個人如果只在不得不的情況才實現承諾與誓言，那就不是真正的承諾與誓言，而是謊言。

當然，魔法師都是文字大師。「我免了你的債」，但兒子的債還是算數。「白天與黑夜都殺不死你」，所以黃昏殺得死。「室內與室外皆無敵」，門廊就是那條阿基里斯之腱。「解開這個結的人可以成為亞細亞之王」，沒說不能一刀兩斷。但如果是「我原諒你」呢？越簡單的話，越難設計機關。藍鳶斗大的汗水從額頭滴落，卻想不出在「我原諒你」這句話裡面，有任何弦外之音。

那麼，在說出「我原諒你」之後，他就必須原諒了，沒有任何但書。

於是，藍鳶聽見自己用一種陌生到不行的聲音，生硬地吐出了：「我……我原諒。」不行，聽起來太勉強了，藍鳶擠出個自己都認不出來的大笑臉，「我早就不放在心上了，怎麼大家現在突然認真起來了呢？真是的……」

眾人終於安心吐口氣，額手稱慶說，二伯父一家也抬起頭來。一群人熱烈拍著他的肩膀，然後擁簇他進入飯堂。一派熱絡和諧的氣氛中，只有角落的藍鸚低頭不語，緊握雙拳。那強擠出來笑臉，像面具黏在臉上，取不下來。因為他知道，這個飯局，不能顧著扒飯不說話，也不能中途藉口離席，否則這個「原諒」的表演就不算完成。他必須有說有笑，大力點頭應許他人的稱讚與趣談，才像是這家的一分子。甚至，當有些人已經離開後，他還要待到最後，才像個主角。這也是他這輩子，第一次覺得餐後甜點跟水果如此多餘。

終於，晚餐順利結束，他哼著高興的曲子，走進後院散步。他撿起靠在樹幹旁的掃把，橫跨在上，「咻」的一聲，頭也不回地飛向海邊。

身為一個魔法師，餐後騎著掃帚去散步，也是合情合理。

藍鳶降落在碎石礫灘上，沿著漆黑的海岸線漫無目的地遊走，幻想會有一隻鯨魚忽然衝上岸來，把自己吞進腹裡。他甚至閉上眼睛，想著乾脆就這樣跌進海裡算了，直到前方出現熊熊火光，藍鷹就守在一排釣竿旁抽菸。

「唷，晚餐如何？」他對藍鳶揮手。

「明知故問。」他怒瞪藍鷹一眼，大叫，「爛透了！」

「哇，還會生氣。但不干我的事情喔，從頭到尾。」藍鷹把菸屁股丟到火堆裡，「從頭到尾。麻煩把我移出詛咒清單嘿，感恩。」

「我知道啦！笨蛋！」他咬牙切齒，奮力跺腳。

「好的，我書念得不多，我笨蛋，請給笨蛋一個活命的機會。」藍鷹擺出舉手投降的動作。

「到底是誰提議一天搞出兩場鴻門宴？」

「不是我，不是我，我不知道。」

「太過分了，明明我……明明我……」他忽然一陣氣換不過來，話都僵在喉頭。

「冷靜，冷靜。現在你知道為什麼我老是往外跑了吧？不過我跑得還是沒你遠，要叫你一聲師父才對。」他對藍鳶雙手合十，故作恭敬，「師父，要吃魚嗎？現抓現烤，最新鮮。不過內臟可能沒有清得很乾淨，畢竟是我處理的，哈。」

藍鳶在火堆旁重重坐下，故意濺起屁股底下的礫石。他拿起烤魚，用力剝開表面的焦皮跟鹽巴，然後大力咬下去，好似那魚是他的仇敵。

「你的死黨呢？」

「被叫回去吃飯了，天曉得晚點還會不會回來。怎樣，魚肉好吃嗎？」

他一邊咀嚼，邊口齒不清說著：「沒有檸檬啦！」

「要求真多，少爺。」藍鷹從口袋中拿出一顆金桔，丟向藍鳶，「路上摘的，將就用一下。」

藍鳶囫圇吞下，把黏著內臟還有一堆碎肉的魚骨頭丟進火堆裡：「怎麼只有一尾？釣了一整個晚上。」

「少爺，我不用吃嗎？虐待下人也不是這樣吧。」

「我從不虐待，我款待！」藍鳶敲響指節，瞬間所有的釣竿都被劇烈扯動。他再敲響指節，幾尾秋刀魚直接從海裡跳上岸，「看好，怎麼得人如得魚。」

「喂，我警告你，別破壞我釣魚的樂趣。」藍鷹把魚撿起來，小心翼翼放回海裡，「剛剛那是魔法吧？是魔法吧？就算我書念不多，也知道魔法不能這樣亂用。」

「好，就我最幼稚，最不成熟。」他鼓起臉頰生悶氣。

「哇，你的反應真的跟杜小姐完全一個樣。」

「杜小姐？」他愣了一下，隨即糾正，「媽媽不姓杜。」

「但她整天度爛我們，跟你一樣。只是你更高竿，一個眼神，免講出來，旁人都知。」

他把頭埋進膝蓋裡，不清不楚地哭道：「不然我還能怎樣？」

「你問我，我問誰，海翁嗎？」藍鷹對大海喊叫：「海神大人喔，只要能讓我家小弟停止哭泣，我願意付出……」

「笨蛋，別亂許願！」藍鳶抬頭打斷藍鷹愚蠢的願望，隨後繼續深埋膝蓋裡。

藍鷹也在火堆旁坐下，又點了支菸。良久，他才繼續說道：

「以前，奶奶常常說：杜鵑早晚是要飛走的。你有沒有去看奶奶，雖然她已經老糊塗了。」

「有……她把我看成媽媽了。還說什麼：杜鵑竟然飛回來了……」

「看，雖然糊塗了，該記得的，還是都記得。」藍鷹又點了一支菸，「你走前，記得讓杜鵑花也開一下。不然，她每年都要問，杜鵑花怎麼都不開。」

火堆裡的漂流木又劈哩啪啦了一陣子，藍鳶終於丟出一句：「知道了……」

直到藍鷹把整包菸草都抽完了，半邊月亮終於姍姍從海面升起，蛋黃色的光暈沿著碎浪撲向無心釣竿的礫石沙灘。「好啦，看，月亮出來，像個被偷吃的月餅。」

「哥，你哄小孩的技術，可能要再磨練一下。」

藍鳶看著眼前閃閃發光的銀磚大道，心中有種衝動，想要立刻踩上這水溶溶的緩坡，頭也不回地邁向遙遠彼方。

「我的小孩要是像你這麼難伺候，我就……」感受到藍鳶尖銳的眼神，他立刻改口，同時用處理魚內臟的那隻手捏著藍鳶臉頰，「加倍疼惜，你說對不對？」

「髒耶！」他彈跳起來。

「你坐著不動太久了，該四處走走。」藍鷹大笑，「聽說你雇人在造船廠那邊蓋奇怪的東西，是什麼法寶？」

藍鳶望向工寮所在的海岸，在南隆灣的城鎮的另一側，「好得差不多，等完成，你就知道了。」

晚夜波光，人、物與事的剪影難以分辨。曖昧的場景中，一股堅定從藍鳶的眼眸中浮現。

尾聲

在藍鳶積極投入之下，設計圖上的線條，很快成為一件件的實體。好奇的鎮民不時前來觀看，但沒有人知道那到底是什麼。如同泰勒先生的推斷，看起來像是某種推進裝置，有四支巨大的船槳，流線曲線又像是鰭；有一個看似尾舵的構造，也是仿生的流線造型；還有許多聯結的支架、轉軸還有齒輪，以及似乎是用來操作的儀表板跟搖桿。這些零件中，唯獨不見龍骨、船身與外殼。

有人猜測可能是要參加博覽會，也有人認為是某種異國藝術風格，對於各種臆測，藍鳶始終不予置評。就連慶祝竣工，替工作人員酬謝的酒宴上，發包人也始終用神祕的微笑來回應相關的探詢。

慶功宴後沒幾天，睡夢中的藍鷹與藍鸚忽然感受一股騷動襲向心窩，驚醒後再難入睡。兩人分別走出臥房，天頂靛黑，甚至連魚肚白都還沒出現，卻見藍鳶已經站在走廊上等待兩人。他指壓下唇，示意兩人不要出聲，接著把早已準備好的外套跟披肩傳給兩人。藍鳶朝港邊一比，隨後走向大門，兩人不明所以，只好跟上。

一行人穿越靜寂的南隆灣，家家門戶緊閉，只有幾盞巷口的長夜燈還醒著。藍鳶敲響指節，幾個小光球從他掌心溜出，一路照亮三人的腳下。似乎是要驅除凌晨前的露水寒涼，藍鳶每個腳步落下都像在跳躍。在接近碼頭的大街上，一隊打更人迎面走來，藍鷴正想著要怎麼跟巡守隊解釋，藍鳶只揮手示意要兩人不要出聲；說也神奇，巡守隊的人彷彿沒意識到三人的存在，雙方毫無交集，錯身而過。

離開市鎮，前往造船廠的小路上，藍鷹忍不住開口：「總可以說話了吧？」

「你不喜歡美好的晨間散步嗎？」藍鳶興奮地說著，眼角盡是笑意。

「你早點說，我還可以準備些早餐帶出門。」藍鷴打個呵欠。

「當然有準備，就在工寮那邊。」

「你到底在裝神弄鬼，搞什麼把戲？」藍鷹脫下外套，也打個呵欠。

「謎底，就在前方。」

注意到藍鷴臉頰泛紅喘著氣，藍鳶稍微放慢腳步。雨停多日，雙足踏過的濱海小徑發出清脆沙沙聲。東方天際逐漸轉成魚肚白，海色與天色已經分離，天光從灰濛中描出海檬果、木麻黃、林投與海桐等濱海植物的輪廓。等黎明的光再強壯些，連馬鞍藤與天人菊鮮豔的花朵也浮現出來。藍鷹邊走邊無聊地大力拍掌，驚醒一排水鳥。

約莫日出時刻，一行人抵達造船廠，所有藍鳶訂做的裝置都整齊放置在沙灘上。泰勒先生從一處工寮走出跟大家打招呼，似乎等待已久。工寮內有啤酒桶與木箱臨時組合成的桌椅，桌上擺著一盒冷三明治跟一壺溫紅茶。泰勒先生穿著正式，角落還放著一口大行李箱，在那旁邊，藍鸚看到藍鳶的手提行李箱。

「老闆，這是你交代的早餐。」泰勒先生眨眼，「我期待搭便車。」

「謝了，奈爾。」

藍鳶隨口塞了一個培根三明治到嘴裡，他想此時的南隆灣街道，應該開始傳出濃醇的豆漿香氣。他從工寮角落推出一台劃線推車，走向灰藍色的沙灘。

「我去進行最後的準備工作，大家休息一下。」

等藍鳶走遠了，藍鸚好奇問著：「泰勒先生，你剛剛說搭便車，是什麼意思呢？」

「能不能搭成，馬上就知道了。」泰勒先生打量藍鷹精實的胳膊，「東方鷹船長的身材真是強壯。」

「勉強可以啦。不然，來比一下？」藍鷹忽然起了較量之心。

「有何不可？」

泰勒先生脫下外套，捲起袖子，兩人另外挑了一張桌子坐下，開始比腕力。藍鸚對兩個大男人的力量之爭沒有興趣，邊喝著茶邊看藍鳶在沙灘上來回走動。看藍鳶揮汗如雨，她大概了解為什麼他非要挑清晨活動。這附近完全沒有遮蔽物，如果是大白天跑來，非要中暑不可。只是他到底在畫些什麼呢？

藍鸚好奇走近，只見沙灘已經被墨粉畫上巨大繁複的魔法陣。一個魔法陣圈住已經完整的物件們，另外有兩個小一點的完整圓形魔法陣獨立在外，最後還有一個大圓把三個小圓包含在一起。在圓之內，有各種三角形或多邊形彼此交疊，頂點則與圓邊相切。圖形繪製完畢，藍鳶走近其中一個小圓，把他這幾天老是在手邊把玩的玳瑁殼放在中央，他走進另一個小圓中央，拿出一片朱紅磚瓦來壓住一張像是地契的文件。

筋疲力盡的兩個男人也來到魔法陣邊，嘖嘖稱奇。終於，藍鳶完成布置，小心翼翼地跳出陣外，宛若在玩跳格子。

「終於要開始了嗎？結合工程與魔法的藝術品。」泰勒先生興奮非常。

「嗯，不過先讓我喝杯茶，擦個汗。」

藍鳶把推車推回工寮，再走出時已經披上那件綠色斗篷。他端詳披風上面的花草刺繡，不禁讚賞藍鸚：「縫得真細緻！這已經不是修補了。」

「太好了，希望我沒有多此一舉。」她鬆了口氣。

「我很喜歡，謝謝。」藍鳶回到魔法陣邊緣，「好了，請大家退後十步，我要開始了。」

「你打算做什麼危險的實驗嗎？我可以退遠一點嗎？」藍鷹皺眉。

「是從沒嘗試過的新東西。」藍鳶搔頭笑道，「希望沒有風險。」

他雙手合十，開始沿著魔法陣緩步繞行，同時低聲吟誦陌生的語言。隨著風中的咒語逐漸累加，原本在觀者眼中只是平貼沙灘的魔法陣好似快速增加厚度。不，那墨粉依然安分躺在地上，但在墨粉之上，好像有種還看不見的東西正在竄出。雖然無形無影，但它的存在感卻無比真實，讓觀者不禁抬頭仰望，油然而生一股敬畏之心，並擔心在它下方的藍鳶會不會被壓垮。藍鳶依然緩慢繞行，有時改為倒著走，偶爾伸出手臂，彷彿他輕輕撫過那個存在。他專注的神情也帶有崇敬，同時穿插期盼、忐忑、喜悅與哀傷的情緒。在前半圈是喜悅多一些，後半圈則需要極力撫平那份哀傷，避免自己被沖散。

終於，等待良久，藍鳶回到起點。他雙膝朝向大海的方向落下，高舉雙手，大聲、堅定且穩重地念出最後一句咒語：

「離開是一座房子。」

話語落下，魔法陣內，沙塵暴起，好似灰褐色的高牆湧向空中。飛砂走石，教人張不開眼睛，看不清眼前景象，只聽見耳邊風聲隆隆，像是空中爆炸，金屬擦擊，蜂鳴鷹嘯，交替迴響。音牆戛然而止，地表恢復原貌，沙灘依然是沙灘，沒增一分也沒少一分，但那些顯眼的巨大零件全都消失不見。

疑惑之間，海上又發出一聲低沉巨響，揚起萬丈水波。在波浪平息之後，赫見一座陌生的島嶼現蹤海灣。島嶼的表面光禿禿的，形狀像是海龜殼，島中央有座大房子。

正當其他人還搞不清楚狀況，藍鳶興奮跳起歡呼，朝天空揮拳。試驗成功。任誰看了這座人造島嶼，都要讚許：創造者絕對不是等閒之輩。

「這是怎麼一回事？」藍鷹與藍鸚齊問。

「我的新家囉。」他開心指著他所謂的新家，「感謝你們兩個來見證我的新屋落成。」

「翅膀終於硬了？」藍鷹嘖了幾聲。

泰勒先生不知什麼時候，已經把兩件行李箱都拖出來，一副隨時準備離開的模樣。藍鳶接過自己的手提箱，從裡面拿出一個鐵盒跟一個寶藍色的囊袋，交給藍鸚。她搖晃鐵盒，裡面似乎有彈珠滑來晃去。

「如果有緊急狀況需要找我，真正緊急的那種，就打開這個盒子吧。這製作過程有點麻煩，千萬不要因為單純想我，就打開唷。」他解釋物品功能，「如果奶奶問起，杜鵑什麼時候回來，就把這個袋子裡的灰粉灑在杜鵑花盆栽裡面。就這樣。」

「等等！」她詫異看著藍鳶，「這是……你現在就要離開的意思嗎？」他點頭，「何必這麼突然呢？」

藍鳶再次指向小島。海流引導下，那座島嶼正在緩緩遠離。

「你什麼時候回來？我們還會再見面嗎？」她焦急問著。

「當妳打開盒子的時候。」他再次叮嚀，「但不要為了見我就打開唷。」

「什麼嘛，這種作弄人的東西，你……你自己留著！」

她作勢要把鐵盒丟還回去，卻反被藍鳶抱在懷裡。與男人的第一次擁抱使她面紅耳赤，只能乖乖把東西收回去。

「保重。」他接著走向藍鷹。

「這麼洋派？」

藍鷹也爽快給了藍鳶一記重抱，讓他全身骨頭軋軋作響。告別結束，藍鳶走向泰勒先生。

「老闆，我不趕時間。你如果還有話想說，慢慢來。」

他搖頭，「離散有時，我們出發吧！」

語畢，藍鳶信手一揚，一把掃把從工寮中竄出。他一手抓住泰勒先生，連同行李箱，兩人一齊飛上天空。

「永別啦，鷹船長！藍小姐！」

泰勒先生一句話剛說完，來不及驚叫兩聲，兩人已經平安降落到小島上。房子以外的範圍，尚無任何植物生長，等待屋主的綠手指。兩人走到大門之前，那棟房子是穆德哈爾風格的宅邸，外觀有點老舊，白漆剝落，但結構大抵良好。推開大門，可見植物過分茂密的中庭花園，橫樑間掛著蛛絲，壁爐、地毯與家具上積滿灰塵，需要大掃除一番。

「控制室在樓上，對吧？」

泰勒先生把行李隨手一放，直奔控制台，他迫不及待想要駕駛這座龐然大物——一座會移動的島。藍鳶則坐在台階之前，看著南隆灣逐漸縮小，一邊迎接成功喜悅之後的惆悵感。

藍鳶內心忽然萌生一個問題：該用哪種時態描述他與南隆灣的關係。在他的語言中，對於過去顯得十分隨意。去過，看了。就算加上曾經，曾經愛過，曾經嘗過，語意上依然難以分辨是持續一段時間，或是斑點似定格在時間軸上一撇。但在一些語言中，過去一段與過去一點，文法上有明顯區隔。

他爬梳最近見聞的眾多故事，女高音的故事、威廉的故事、芙蘿拉的故事、蘇曼伽的故事、東荳蘭的故事……而敘述者多用過去完成式來回顧這些刻骨銘心的故事。他覺得這是種帶有悵然的敘述方式。那表示很長一段時間裡，有人具備了那樣的特質、模式與習慣。彷彿那是一部分的自我，是一根指頭、一截頭髮或一只耳朵般的存在，但在某個十字路口，那部分的自我從此留在後頭，像遺忘在車廂的雨傘。如果那事物是美好的，那加上曾經後更增添鄉愁。曾經美麗、曾經勻稱、曾經聰慧、曾經流連博物館、曾經喜歡繪畫、曾經讓人不禁回頭、曾經相信未來會幸福、曾經相信人與人之間的善意、曾經期盼愛。曾經的美好是關上大門的玫瑰園，是無能再相遇的金蘋果。

就算那曾經之物，以現在眼光審視是有瑕疵，但加上曾經，曾經為了幫朋友出頭被打斷鼻樑、曾經因為暗戀而成績退步、曾經為了出門冒險而和家人吵架、曾經因為被甩憂鬱而丟了工作、曾經為了創業而甲狀腺亢奮、曾經以愛之賊的身分，偷偷從愛慕對象的書桌上摸走幾個鉛筆與徽章作為替代。在曾經裡，看起來都只是年少輕狂，不是什麼天坍下來的過錯。曾經的荒謬看起來多了種青春酸甜。

但假如那曾經之事是絕對不討喜的負面成分，曾經混過幫派、曾經藥物成癮、曾經被霸凌，也不會因為加上曾經就讓人感到欣喜，從此走向光明的道路。因為，陰影從來不是那麼容易甩開的東西。甚至恐懼陰影從背後襲來的念頭，也會成為陰影的一部分。曾經無法隔絕陰影。

他曾經多愁善感。他曾經以為不再如此了。

從樓上傳來泰勒先生爽朗的聲線，打斷了藍鳶的多愁善感。

「船長、領主大人，請下達指令！」

「我不是船長，也不是大人。」藍鳶從台階上站起，拍拍屁股上的灰塵，轉身走入屋內。他輕聲說道：「叫我以實瑪利。」

（全文完）

【後記】為什麼寫／讀奇幻小說

「神話即是啟蒙，啟蒙亦成神話。」

——《啟蒙的辯證》

當我越沉浸在奇幻世界裡，越難以分別魔法與科學的差異。

打個比方，魔毯與飛機都能讓人飛上青天，同時，奇幻世界的人們大多數不知道製作魔毯的奧秘，如同現代世界大部分的人們不知道如何造出一架飛機。會有人負責放牧、剪羊毛、紡織、採集有色礦物、榨取植物顏料、染色、以及簡單地修補一張破損的飛毯，也會有更多的人負責螺帽、螺絲、板金、椅套、晶片、線路等等細節。但知道整體藍圖的人，少之又少，稱之奧祕一點也不誇張。

是的，大多數仰頭欣賞火箭升空、人面獅像與錫卡哈的曼陀羅的人們並不明白事物成形的原理，在這方面，科技與魔法如此相似。但某些事物確實發生了，科技與魔法都擁有讓事情發生的力量，儘管都時靈時不靈。科學與魔法，有本質上的相似性。

但科學與魔法確實有關鍵的差異：一般性與個別性。科學是共相的知識，由加利略在十六世紀從比薩斜塔上拋下的鐵球，與上週末婚禮新娘拋出的花束，遵循相同的物理法則降落。但魔法屬於殊相的技藝，沒有人能重複踩過相同的河流、沒有人能重現一模一樣的魔法、也沒有兩人能施展相同的魔法。日月星辰的方位、水流風向、觀眾目光都使相同的咒語產生差異的效果。由艾蓮娜與弗爾丹特所創造出來的星子，不同於由蘇曼迦與藍鳶攜手創造出來的星子。這也是為什麼，魔法不靈光的機會比科學高一些。

科學的數字裡，每一粒砂都相等，也都被期望運轉在相同的軌道上。科學的計算，如同司祭的神諭不可違抗。但顯然，棋盤上的人們並不這樣想。所以人們透過翻閱星座血型、挖掘神話傳奇、佈置磁石水缸、以及情人與海豹的凝視來獲得獨特性。

難道，人們想要自己的人生奇幻風格般時靈時不靈嗎？當魔法成功時，它的耀眼獨一無二無法複製；當魔法失敗，它的失敗來自於觀眾說不出口的殷殷期待。

在奇幻世界裡，關於共相與殊相、命運與自由、重複與差異、必然與偶然、原理與意義的分野，既被凸顯也在流動。我想，就是為了探索更多自身與宇宙的可能性，人們閱讀與寫作奇幻小說。

釀奇幻53　PG2517

離散之星

作　　者　　豎旗海豹
責任編輯　　喬齊安
圖文排版　　蔡忠翰
封面設計　　蔡瑋筠

出版策劃　　釀出版
製作發行　　秀威資訊科技股份有限公司
114 台北市內湖區瑞光路76巷65號1樓
電話：+886-2-2796-3638　傳真：+886-2-2796-1377
服務信箱：service@showwe.com.tw
http://www.showwe.com.tw
郵政劃撥　　19563868　戶名：秀威資訊科技股份有限公司
展售門市　　國家書店【松江門市】
104 台北市中山區松江路209號1樓
電話：+886-2-2518-0207　傳真：+886-2-2518-0778
網路訂購　　秀威網路書店：http://store.showwe.tw
國家網路書店：http://www.govbooks.com.tw
法律顧問　　毛國樑　律師
總 經 銷　　聯合發行股份有限公司
231新北市新店區寶橋路235巷6弄6號4F
電話：+886-2-2917-8022　傳真：+886-2-2915-6275

出版日期　　2021年2月　BOD一版
定　　價　　260元

版權所有・翻印必究（本書如有缺頁、破損或裝訂錯誤，請寄回更換）
The compass element on book cover was designed by Freepik.
Copyright © 2021 by Showwe Information Co., Ltd.
All Rights Reserved

Printed in Taiwan

國家圖書館出版品預行編目

離散之星/暨旗海豹著. -- 一版. -- 臺北市：釀出版, 2021.02
面； 公分. -- (釀奇幻；53)
BOD版
ISBN 978-986-445-442-6(平裝)

863.57　　109022324

讀者回函卡

感謝您購買本書，為提升服務品質，請填妥以下資料，將讀者回函卡直接寄回或傳真本公司，收到您的寶貴意見後，我們會收藏記錄及檢討，謝謝！如您需要了解本公司最新出版書目、購書優惠或企劃活動，歡迎您上網查詢或下載相關資料：http:// www.showwe.com.tw

您購買的書名：______________________________

出生日期：________年________月________日

學歷：□高中（含）以下　□大專　□研究所（含）以上

職業：□製造業　□金融業　□資訊業　□軍警　□傳播業　□自由業

□服務業　□公務員　□教職　□學生　□家管　□其它____

購書地點：□網路書店　□實體書店　□書展　□郵購　□贈閱　□其他

您從何得知本書的消息？

□網路書店　□實體書店　□網路搜尋　□電子報　□書訊　□雜誌

□傳播媒體　□親友推薦　□網站推薦　□部落格　□其他________

您對本書的評價：（請填代號　1.非常滿意　2.滿意　3.尚可　4.再改進）

封面設計____　版面編排____　內容____　文／譯筆____　價格____

讀完書後您覺得：

□很有收穫　□有收穫　□收穫不多　□沒收穫

對我們的建議：______________________________

____

____

____

請貼
郵票

11466
台北市內湖區瑞光路 76 巷 65 號 1 樓

秀威資訊科技股份有限公司 收

BOD 數位出版事業部

（請沿線對折寄回，謝謝！）

姓　　名：＿＿＿＿＿＿＿＿＿＿　年齡：＿＿＿＿　性別：□女　□男

郵遞區號：□□□□□

地　　址：＿＿＿＿＿＿＿＿＿＿＿＿＿＿＿＿＿＿＿＿＿＿＿＿

聯絡電話：(日)＿＿＿＿＿＿＿＿＿＿＿＿(夜)＿＿＿＿＿＿＿＿＿＿＿＿

E-mail：＿＿＿＿＿＿＿＿＿＿＿＿＿＿＿＿＿＿＿＿＿＿＿＿